HAYMON taschenbuch 94

MIX
Papier aus verantwor-
tungsvollen Quellen
FSC® C083411

Auflage:
4 3 2 1
2018 2017 2016 2015

HAYMON tb **94**

Überarbeitete Neuausgabe der 2005 im
Skarabæus Verlag erschienenen Originalausgabe

© Haymon Taschenbuch, Innsbruck-Wien 2015
www.haymonverlag.at
© 2005, 2015 Clemens Berger

Alle Rechte vorbehalten. Kein Teil des Werkes darf in
irgendeiner Form (Druck, Fotokopie, Mikrofilm oder in einem
anderen Verfahren) ohne schriftliche Genehmigung des Verlages
reproduziert oder unter Verwendung elektronischer Systeme
verarbeitet, vervielfältigt oder verbreitet werden.

ISBN 978-3-7099-7821-4

Umschlag- und Buchgestaltung nach Entwürfen von hœretzeder
grafische gestaltung, Scheffau/Tirol
Umschlag: Eisele Grafik·Design, München, unter Verwendung von
Bildelementen von John Gerrard Keulemans (Beo)
Satz: Da-TeX Gerd Blumenstein, Leipzig
Autorenfoto: Andreas Duscha

Gedruckt auf umweltfreundlichem,
chlor- und säurefrei gebleichtem Papier.

Clemens Berger
Paul Beers Beweis

Roman

Clemens Berger
Paul Beers Beweis

Die Nacht hat zwölf Stunden,
dann kommt schon der Tag.
Bertolt Brecht

ZWAR HATTE PAUL BEER MIT FUSSBALL NICHTS AM HUT. Spätabends aber war er beim müden Durchschalten der Kanäle an einer Zusammenfassung der Spiele des Vortages hängengeblieben. Er war aus Schottland zurückgekommen, erschöpft vom langgezogenen Tag, genervt von einem aufsässigen Sitznachbarn im Flugzeug, der bei der Landung wie ein Erlöster geklatscht hatte, dennoch glücklich über eine Reise, die ihm viel Zeit für sich gelassen hatte. Die Fußballer auf dem Bildschirm erinnerten ihn an Franz Schwarz, der vor ein paar Monaten so zufällig in sein Leben gerutscht war.

Es war Rückkehr nach Wien, keine Heimkehr. Hier war seine Wohnung, hier war er aufgewachsen, hier lebte er. Zu Hause war er da nicht. Heimat war ihm ein unbekannter, verdächtiger, gleichzeitig ersehnter Begriff, der ihm den Mund pappig machte, aus dem er doch nie kam. Trotzdem war ihm Heimat zärtliche Erinnerung an ein fernes Wesen, das er so gern Ich genannt hätte, das in verzauberter Welt unter Tische kroch, sich in Schränken und Bettzeugladen versteckte und überall unerhörte Geheimnisse witterte. Eine Rassel, ein riesiger Ball, Plüschdecken auf dem Boden – Bilder aus der Vorvergangenheit.

Wenn er die Augen schloß, zogen noch immer Reisebilder an ihm vorbei. Während er die Wohnzimmerfenster aufstieß und in den sonnigen Schönbornpark blickte, sah er die Isle of Skye, den Regenbogen an der Klippe, die kleinen Dörfer und dampfenden Straßen im hellen Gegenlicht; stumme Menschen saßen an nebeligen Theken, stachen in Gummistiefeln und gelben Regenjacken Torf; ein moosbewachsener Friedhof tauchte auf, verengte sich zu einem Grab, das ihm, als er am Todestag seines Vaters Ruhe in der

Ruhe gesucht hatte, nicht einmal aufgefallen war; ein steinernes Keltenkreuz mit irgendeinem eingemeißelten Namen nistete sich in seinem Kopf ein; mitten im grünen Irgendwo wartete eine rote Telefonzelle, in deren Umkreis keine Kinder plärrten, spielten oder brüchige Allianzen bildeten wie im Park unten, in dem er sich bisweilen auf eine Bank setzte und dem Leben der anderen zusah; unbefahrene einspurige Straßen meldeten sich zurück, von Schafen und Ziegen überquert; Beer meinte noch den Wetterwechsel zu spüren, wenn er die Augen schloß und die Hände hinterm Kopf verschränkte, von Sonnenschein zu Regen, von Regen zu Hagel, von Hagel über Regenbogen zu Sonnenschein, in fünf Minuten.

Mit dem Stoß Zeitungen, der sich vor seiner Eingangstür angesammelt hatte, setzte er sich zum Morgenkaffee. Es war angenehm, eine Woche lang nichts von den widerlichen Fratzen zu erfahren, die ein Land regierten, das von Tag zu Tag eifriger nickte. Und weil es angenehm war, überblätterte er die Innenpolitik, überflog, was sich im Weltausschnitt tat, und studierte das Fernsehprogramm, bevor ihm eine Farbfotografie jubelnder Fußballer Einhalt gebot. Seitdem er Franz Schwarz kannte, ertappte sich Beer bisweilen dabei, in den Sportteilen Berichte über Fußballspiele und Millionentransfers zu lesen. Beer trennte aus dem Feuilleton so mancher Zeitung ein Blatt und breitete es vor sich auf den Tisch. Er schlürfte seinen Kaffee, nippte am Wasserglas, zündete eine Zigarette an und legte eine alte Jazzscheibe auf das Plattenspielerrelikt seiner Eltern. So sollten der vergangenen Woche weitere Bilder entwunden werden.

Als er sich die Autoren der herausgetrennten, mit Kopfschütteln bedachten Artikel einprägte, tat es ihm um einen vielleicht leid. Beer schlich ins Nebenzimmer, riß die Fenster auf, stellte sich mit dem Rücken in den leisen Wind und starrte seine Bibliothek an. Es war zum Haareraufen. Wenn Weltmeisterschaften ausgetragen wurden und Intellektuelle und Schriftsteller sich bemüßigt fühlten, augenzwinkernd übers Fußballspiel zu schreiben – ohne Ernsthaftigkeit und Verständnis, wie ihm Franz Schwarz, dem er vor seinem Abflug einige dieser Texte vorgelesen, empört erklärt hatte –, fand Beer so manchen Schreiberling, von dem er es insgeheim schon vermutet und den er dennoch Schriftsteller oder Philosoph genannt hatte, zur Kenntlichkeit verändert.

Mit orientiertem Blick suchte er seine Bibliothek nach jenen Schustern ab, die nicht bei ihren Leisten geblieben waren. Da war seit jeher diese unbezwingbare Vorstellung, daß all die Seiten, die hier standen und lagen, gemeinsam sprächen. Alle zusammen, miteinander und gegeneinander. Eine Seite hier will eine andere, weit von ihr entfernte da vernichten, ein Kapitel da möchte ein dickes Buch dort unmöglich machen. Beer trottete zum Fenster zurück, lehnte sich hinaus, blies den letzten Rauch in die heiße Luft und schnippte den Zigarettenstummel nach. Sollten sie Dummheiten und Ungereimtheiten schreiben, wie es sich für Übergangszeiten, für die letzten Tage Roms gehörte. Grober Unfug jedoch mußte weg. Nein, ihm tat es um keinen leid.

Mit forschem Griff zog er Bücher aus seinen Regalen, packte sie, wie Schwarz gesagt haben würde, am Krawattl, und bald huschte Paul Beer mit einer vollen Leinentragtasche in der Hand pfeifend das Stiegenhaus hinunter. Er wußte, aus welchen Spionen er beobachtet wurde. Was man von ihm dachte, konnte er nur ahnen.

„Jössas, grüß Gott, der Herr Doktor" – die Hausbesorgerin öffnete ihre Parterretüre und verschränkte die Hände vorm Busen – „Sie sind's. Meiner Seel, krieg ich immer an Schreck. Man weiß ja net, wer da herumpfeift heutzutag. Werden'S ja net ins Kaffeehaus gehn, wo'S so lang weg warn. Sammelt sich ordentlich viel Arbeit an, netwahr?" „Nein", sagte Beer, ohne stehenzubleiben, lächelte ihr leutselig zu, „verzeihen Sie, ich hab's eilig." Nach ein paar Tagen hier würde er ohnehin nicht mehr pfeifen. Jede Rückkehr warf ein eigentümliches Licht aufs ansonsten Gewohnte. Nur war es ein schwaches Licht, das immer aufs Neue geholt werden mußte. „Wenn's meim Mann begegnan", rief sie ihm nach, mit einer Stimme, die ihm insgeheim Angst einflößte, „abm viertn Bier darf er draußn bleim." Und schon stand er auf der Straße.

„GEHT DA DER HEILIGE GEIST ÜBER DIE STRASSE?" Manfred lachte. „Oder warum schaust so?"

„Ein Geist." Franz Schwarz zwang seinen Blick ins Lokal zurück und sah den Wirt an. „Vielleicht."

„Mensch, du hast einen Blick, daß man sich direkt fürchtet."

Manfred kam hinter der Theke hervor, schlurfte die paar Meter bis zum Eingang, wo Fritz in seinem Käfig saß, steckte einen Finger durch die Stäbe und sah den Papagei an.

„Sag unserm Franz was Schönes."

Fritz spreizte die Flügel, schüttelte sie wild, warf den Kopf nach hinten und begann sich zu putzen. Manfreds Aufforderung kam er nicht nach. Als der zu Franz an den Tisch kam, krächzte Fritz: „Trottel."

„Ist was passiert?" Manfred nahm Franz gegenüber Platz.

„Passiert ja immer was."

„Meine Güte, bist du komisch heut."

„Wärst etwa nicht komisch heut, wenn du das Match nicht anschaun könntest?"

„Doch." Manfred lachte. „Sehr sogar."

„Eben."

„Dafür muß ich alle Augenblicke ausschenken. Was ist jetzt mit dem Geist?"

„Für den könntest mir was bringen."

„Freu mich schon, wenn du mal zum Tellerwaschen kommst."

„Das hat immer –"

„Um eine Frau geht's." Manfred zog die Augenbrauen hoch. „Oh là là."

„Um nichts geht's."

„Das ist nicht wegen dem Match."

Manfred schüttelte den Kopf, stand auf und ließ hinter der Theke ein Schnapsglas vollaufen, das er Franz auf den Tisch stellte. Der hob es kurz, nickte grinsend, leerte es in einem Zug und sprang auf.

„Vielleicht schau ich nachher noch vorbei."

„Wer gewinnt?"

„Die Türken."

„Glaub ich nicht."

„In der Verlängerung."

„Ein Prophet."

„Wer Geister sieht, kann auch Ergebnisse vorhersagen."

Franz Schwarz lächelte gequält, tastete nach dem Wettschein in seiner Hosentasche, schlug mit Manfred ein, und als er die Lokaltür öffnete, krächzte Fritz mit weiblicher Stimme: „Ciao."

„Grüß euch."

„Paß auf dich auf, Franz."

Franz Schwarz ging los, geradeaus, schnelle Schritte, die seine Gedanken von dem Geist wegführen sollten. Aber statt sie verschwimmen zu lassen, verfestigten sich mit zunehmender Schrittgeschwindigkeit bloß seine Konturen. Der Typ, der da am Beisel vorbeigegangen war. Hatte wie Rainer ausgesehen. Als wäre nichts gewesen. Als wäre nie etwas gewesen. Die Haare. Die langen verklebten Haare. Der federnde Gang. Die zerschlissenen Turnschuhe, die in einem Vorraum gestanden waren, in dem jetzt ganz andere Schuhe standen. „Sag selber, Rainer, was is, wenn ausgsteckt is?" Die Militärhose mit den Taschen, aus denen Rainer die Schachtel geholt hatte, in der.

Nicht noch einmal, Franz, redete er auf sich ein, als er seine Schritte abermals beschleunigte. Du weißt, wie's weitergeht, du weißt, was am Ende steht. Wer am Ende nicht mehr, nie mehr steht. Der zweite Geist, den der erste ruft. Die, die meistens die Teller, die er dann abtrocknete, gewaschen hatte. Die liegt am Ende im Blut. Am Ende im Sarg. Und mittlerweile –

Laß die Geister, Franz. Jetzt erst bemerkte er, daß er den Brunnenmarkt entlangeilte. Der ihn an einen anderen Markt, in einem anderen Leben, in einer anderen Zeit erinnerte. Geh weg, Rainer, ich will dich nicht gesehen haben. Warst es ja gar nicht. Bist ja immer auf Weltreise. Amsterdam, was? Geh mir nicht auf den Geist.

Vor einer aufgeregten Menschenansammlung blieb er stehen. Zwischen den beiden Standreihen saß ein Mann auf dem Boden und verschob Schächtelchen. Unter einer war eine Kugel. Hielt er im Verschieben inne, fragte er, wer spiele. Dann trat einer aus der Menge hervor, reichte ihm einen Schein und deutete auf ein Schächtelchen. War die Kugel darunter, bekam er einen gleichen Schein, war sie's nicht, wechselte der seine den Besitzer.

„Wo ist sie?" fragte ihn einer.

„Da natürlich." War ja wirklich nicht schwer. Der verschob so schleißig, daß unter den Schächtelchen immer ein Spalt frei blieb.

„Weiß net."

Einer trat vor, schwenkte einen Schein in der Hand und wies auf ein Schächtelchen, auf das Schwarz nicht gezeigt hätte.

„Sag ich's nicht?"

„Hm." Der neben ihm sah ihn an. „Willst du jetzt?"

„Nein."

Schwarz drehte sich um und ging weiter. Hundert Euro an einen Scharlatan verlieren, das mußte ja auch nicht sein. Hundert Euro gewinnen, das wäre andererseits schon was. Bei der nächsten Gelegenheit bog er vom Markt ab, verlangsamte seinen Schritt und schlenderte den Gehsteig entlang.

DIE BÜCHERKISTE AUF DEM GEHSTEIG BEACHTETE PAUL BEER EBENSOWENIG WIE DIE AUSLAGE, als er von der Straße ins Antiquariat Steiner trat. Drinnen war es stickig. Es roch nach altem Leder und vergilbten Seiten, darüber hatte sich die Sommerschwüle mit jenen Gerüchen gelegt, die sie den Menschen abpreßt. Der Raum war groß und hoch, vor den Wänden standen lückenlos gefüllte Regale, die das Licht am Durchfluten hinderten. Zwei etwas niedrigere Regale teilten den Raum in drei Bezirke. Links der Literaturbezirk, der Geisteswissenschaftsbezirk in der

Mitte, rechts der Basarbezirk, in dem alles zu finden war, was man immer schon lesen wollte oder gerade, weil man es nie lesen würde, auf einmal doch kaufte.

Ursula Steiner saß hinter ihrem Tisch. Der stand in direkter Verlängerung des Eingangs, im mittleren der drei Bezirke. Sie nahm die geschliffene Brille ab, fuhr sich durchs lange schwarze Haar und legte eine Zeitung beiseite.

„Ich wollte schon eine Vermißtenanzeige aufgeben."

Grußlos zog Beer Bücher aus der Leinentragtasche, stapelte eins nach dem anderen auf den Tisch und wischte sich mit dem Handrücken Schweiß aus der Stirn. Die Antiquarin las Namen um Namen. Jedesmal nickte sie.

„Hätte ich Ihnen früher sagen können."

„Aus Ärger wird man klug."

„Sie hätten sich nicht ärgern müssen."

Ursula Steiner lebte inmitten Tausender von Büchern und las, seit sie lesen konnte. Das Lesen hatte sie immer fortgetragen ins Anderswo. Und das Anderswo half im Hier, machte es interessanter und bunter. Die Phantasie, das war das einzige, was den Menschen vom Tier unterschied. Er konnte in einer Zelle sitzen und sich ins Amerika des fünfzehnten Jahrhunderts denken. Er konnte in Wien liegen und sich nach Rom oder Kapstadt verabschieden. Er konnte aber auch ein Mädchen sein, das sich einsam fühlte und mit einem Mal mitten in der Welt war und nicht mehr so einsam. Doch las sie nur, was lesenswert war. Und lesenswert waren Klassiker und Klassikerinnen, lesenswert waren an den Rand gedrängte Wahrheiten, lesenswert waren Lebensgeschichten, lesenswert war fortschrittliche Wissenschaft, lesenswert waren die Unbeugsamen. Außerdem? Kinderbücher. Verachtenswert, was dem großen Drehbuch gehorchte.

Wie oft war sie deshalb mit diesem Beer aneinandergeraten. Man müsse, meinte er, auch die sogenannten Bestseller der sogenannten Tagesgrößen lesen, den Müll, wenn sie so wolle, um die Zeit noch besser zu verstehen. Sie habe Angst vor der Wirklichkeit. Sie! Vor der Wirklichkeit hatte sie nicht mehr Angst als andere. Glücklich, wem sie nicht zu oft ins Leben brach. Sie mußte sie nicht auch noch lesen von denen, durch die sie sprach. Nun war Beer endlich zur Einsicht gedrängt worden, verbannte die Tagesgrößen, säuberte seine Regale, wie sie gesagt hätte, wäre das Wort *säubern* nicht dermaßen mit Geschichte des Terrors angereichert gewesen. Immer wieder wunderte sie sich über ihren Beer, wie sie ihn bei sich, ganz im Geheimen, nannte, wo man den anderen mit Selbstverständlichkeit duzt.

„Ich empöre mich, also bin ich."

„Paul Beer, ein Leben in Zitaten."

„Eigentlich müßte man alles, was man sagt, unter Anführungszeichen setzen. Das Problem ist nur, die meisten kennen die Fußnoten dahinter nicht."

Die Entrüstung, mit der Beer auf die Bücher auf dem Tisch blickte, war rührend. Als wäre er verraten worden, stand er vor ihr und kratzte seinen Hinterkopf. Sie schwenkte ein Buch nach dem anderen in der Hand.

„Camus?"

Beers eine Antwort war „Viel schlimmer", die andere ein müdes Abwinken. Sie erhob ihren Zeigefinger und stand auf. „Alles, was ich über Gerechtigkeit weiß", sagte sie im schleppenden Tonfall des auswendig lernenden Kindes, „verdanke ich dem Fußball." Beer lachte, klatschte und strich eine Haarsträhne aus der glitzernden Stirn. Die Antiquarin verbeugte und setzte sich.

Diesen Satz habe er Franz Schwarz, von dem er ihr unbedingt erzählen müsse, bei einem ihrer ersten Treffen unter die Nase gerieben – zum Beschnuppern, mit einigen Bemerkungen übers Leben des Autors, das in einem zerstörten Wagen geendet hatte. Worauf Schwarz, wie es seine Art sei, sofort eine eigene Geschichte über einen Freund angefügt habe, der übermüdet und betrunken eingenickt und in einen Tanklastwagen gekracht sei. Jedenfalls habe sich Schwarz, der Bier trinken und lachen wollte, verschluckt. Kannten jene, die den Nobelpreis vergaben, diesen Satz?

„Stellen Sie Ihnen vor", sagte Beer, habe Schwarz grinsend gesagt und sein Bierglas gestreichelt, während ein gewisser Manfred, der Wirt, beim Bierzapfen große Ohren bekommen habe, „stellen Sie Ihnen vor, ich bin Schiedsrichter, ja? Steh in Tornähe, der Ball rollt auf mich zu, ich schieß ihn einfach ins Netz und geb das Tor. Oder ich zieh die rote Karte und verpaß sie einem, den ein anderer niedergetreten hat, und schon kann er sich duschen gehen. Wenn ein Mitspieler meckert, darf er ihn gleich bei der Hand nehmen." Aus irgendeinem Grund fand Beer das sehr komisch.

Die Antiquarin packte die Bücher, die ihr Lieblingskunde einmal tatsächlich gekauft hatte, verließ das Geschäft und legte sie in die Wühlkiste auf dem Gehsteig. Sie hatte wieder einen Satz für ihn. Wie der sich gesträubt hatte. Unverantwortlich sei es und hundsgemein, einen Satz aus seiner Umgebung in den Anklagestand zu zerren. Als sie von draußen zurückkam, hatte Beer bereits Platz genommen.

„Ich hab was Schönes für Sie."

Er mußte sich wegdrehen, um weder Titel noch Autor zu erspähen. Grinsend schlug sie eines ihrer

Juwele auf. Erstausgabe, seit Ewigkeiten vergriffen, zu horrenden Preisen gehandelt.

Paul Beer hörte noch immer ihre ruhige Frage, damals, als sie Gefallen aneinander gefunden und freier zu sprechen begonnen hatten, ob er denn in all den Jahren nichts verstanden habe. „Was dieser eine Satz sagt, ist wichtig. Was heißt es, wenn er stimmt? Und wenn er nicht stimmt, sollte er stimmen?" Seither nahm auch er seine Schätze mit und las Sätze vor. Hatte die Antiquarin den ihren gelesen, schlug sie das Buch zu und legte sich auf die Lauer.

„Schauen Sie, die da draußen wühlt, wird Ihnen Schmerzensgeld entrichten. Dafür hab ich eine Nase."

„Kleinbürgerin." Beer reckte die Nase in die Luft. „Als Künstlerin verkleidet."

„Zweimal geschieden, jetzt nur noch Seelenverwandtschaften."

„Einst kämpfte sie mit dem Katholizismus, heute sucht sie einen ausgefallenen Sinn. Tibet, Dalai Lama, heilende Steine, die Befreiung liegt im Innern, abwarten und grünen Tee trinken."

„Guten Tag", sagte die Antiquarin freundlich, als die Frau eintrat. Außer einem verklärten, beinahe seligen Lächeln trug sie Schuhe (nicht einmal Sandalen!) an den Füßen und drei Bücher in der Hand. Eines davon hatte Beer zu Mittag aus der Bibliothek gefegt, den Ben Nevis und die beiden slowenischen Bergsteiger vor sich, die mit Schistöcken aufgebrochen waren, um den Gipfel zu erklimmen, während er in die nächste Kleinstadt gefahren war und bei einem Pint über Schwarz nachgedacht hatte. So war der nach Fort Williams gekommen. Verschlungene Wege. Die friedfertig den Pfad zur Erleuchtung Beschreitende kramte in ihrem

Portemonnaie, blickte immer wieder entschuldigend auf, Beer und Steiner sahen einander stirnrunzelnd an.

Als sie draußen war, zuckten beide mit den Schultern. Beer drehte sich weg, und Ursula Steiner hatte endlich einen nüchternen Tonfall gefunden. „Wer aber unglücklich stirbt", las sie, „dessen Leben war umsonst."

„ABER HERR SCHWARZ", sagte die rundliche Kursleiterin, die nicht gut aus dem Mund roch, und dämpfte ihre Stimme, „das ist nicht alles umsonst, und gratis schon gar nicht. Außerdem gar nicht so schwer. Millionen Menschen arbeiten mit diesem Gerät. Und die besitzen bitteschön nicht Ihre Intelligenz."

Allein, das alles war so neu. Und heute, auf seine wenn nicht alten, so doch fortgeschrittenen Tage umgeschult zu werden, kostete Kraft. Freilich wußte hier niemand von ihm, kannte niemand das Foto, und wenn, brächte es niemand mit ihm in Verbindung. Was wohl an seiner selbstgewählten Unscheinbarkeit lag. Sich klein machen, verstecken, unauffällig sein, danke sagen, wo man am liebsten zugeschlagen hätte – das war sein neues Leben. Einen Computer bedienen! Arbeiten, sagte sie immer, wir arbeiten damit. Nein, bedienen, er mußte ihn bedienen, derweil die anderen beim Manfred mit einem Bier vor der großen Leinwand saßen und das Spiel verfolgten, das doch seines war. Weltmeisterschaft, und er in einem Umschulungskurs, zu dem er, war man ehrlich, gezwungen wurde! Während er sich wie ein Hornochse abplagte, das kleine ABC des doch sehr einsamen Dialogfensteröffnens und -schließens und allerlei andere unverzichtbare Wichtigkeiten zu lernen, wurde auf dem Rasen auch sein kleines Glück verhandelt. Bloß wie sollte man das denen erklären, die nur das Beste für einen wollten?

„Aufgehängt!"

Schon wieder. Franz Schwarz vergrub den Kopf in den Händen. Was machte er hier? Was hatte er hier verloren? Wer saß an seiner Stelle an diesem Ort, der ihm Kopfschmerzen bereitete? „Nichts! Nichts geht mehr!" Die Kursleiterin eilte herbei, langte etwas verdrossen über seine Schulter – wie diese Maus ihr gehorchte! – und drückte zweidreimal eine Taste. Schon lief das Ungetüm wieder. „Sie haben versehentlich das Fenster geschlossen", sagte sie etwas lauter als gewöhnlich, und er dachte, er würde sein Fenster auch schließen, wenn sie von der Straße reinsähe, und zwar sofort und unversehentlich. „Das ist dann da unten, sehen Sie? Sie klicken an, und schwupps ist es wieder da. Alles keine Hexerei, Herr Schwarz!" Schon rief die nächste nach ihr.

Wenn das keine Hexerei war! Zwanzig Menschen vor Bildschirmen in einem Raum, den man auch Sauna hätte nennen können, verbissen hackten sie auf Tastaturen herum, jeder wollte alles lernen und alles verstehen und keinesfalls von der Kursleiterin vernachlässigt werden. Dabei gab es nichts zu verstehen. Der neben ihm fluchte alle Augenblicke „Blechtrottel, depperter." Aber das war weder Blech noch Trottel. Nur unverständlich. Schwarz fühlte sich beklommen. Wie in der Volksschule kam er sich vor, in der er vier Jahre lang mehr oder minder verschreckt mit allen möglichen Kindern in einer Klasse gesessen war – mit Bauernkindern, neben denen niemand sitzen wollte, weil sie nach Stall stanken; mit Arbeiterkindern, wie er eines war, die nur auf das letzte Läuten warteten, um in den tausendmal spannenderen Nachmittag zu entkommen; mit ungarischen Kindern, die ein so seltsames Deutsch wie seine Eltern sprachen, die sich mit ihm aber nie und untereinander nur im Vertrauen ungarisch unterhielten; mit den Kindern besserer Leute, die später ins Gymnasium wechselten und nach dem Studium wieder zurückkamen, um die wichtigen Posten zu besetzen; und mit dem um einiges älteren Zigeunerbuben, den die Lehrerin jeden zweiten Tag an der Tafel vorführte, Rechnen, Schreiben, Landeskunde, immer wieder wurde er aufgerufen, „du Esel", brüllte sie, während das Klassenzimmer vor Lachen dröhnte und sie ihm ein Kopfstück verpaßte, „bist sogar für die Sonderschul zu belämmert", bevor er mit gesenktem Haupt und zusammengekniffenen Augen in seine Bank in der ersten Reihe trottete, wo er alleine saß.

Und wie hätte Schwarz dieses Zimmer, wie hätte ihn diese wenig versteckte Konkurrenz, die mehr oder minder gut überspielte Unsicherheit, wie hätten ihn diese Tische und Stühle nicht an die Schule erinnern sollen, wo er sich, so anders als heute, noch keinerlei Gedanken über seine Zukunft hatte machen müssen, die kommen und ihm angemessen sein würde. „Herr Schwarz", hatte man ihm auf dem Arbeitsamt gesagt, das seit kurzem Arbeitsmarktservice hieß, „ob Sie's glauben wollen oder nicht, als Setzer bekommen Sie keine Stelle. Diesen Beruf gibt's nicht mehr. Erstens kommen Sie in die Jahre, und zweitens läuft ohne Computer gar nichts." Und dann immer wieder dasselbe: „Früher war man bis zur Pension Postler. Ist das eine Herausforderung? Das ist anders heute. Man muß sein Leben lang lernen und sich weiterbilden. Sonst tritt man ja auf der Stelle, Herr Schwarz."

FRANZ SCHWARZ TRAT ENDLICH AUF DIE STRASSE. An der Ecke hatte er vor Kursbeginn ein Lokal entdeckt, in dem das Spiel übertragen wurde. Als er eintrat, fand er kaum einen Platz. Er kam spät, nicht zu spät.

Rot alles, Halbmonde überall, dunkle Gesichter, buschige Schnauzer, fremde Worte und Klänge, an den Wänden schwarzhaarige Sängerinnen mit süßlichem Lächeln. War er in Istanbul gelandet! Bei den Muftis! Manchmal stellte er sich vor, seine Freunde von früher könnten ihn sehen. Dann gingen ihm ihre Kommentare durch den Kopf, „unser Freund unter den Kümmeltürken", und er versuchte schnell, an etwas anderes zu denken – weniger der Kommentare als der Freunde wegen. Er setzte sich in eine Tabakwolke, rutschte weit nach vorn auf seinem Sessel, um niemandem die Sicht zu versperren, und bestellte ein Bier. Als er „ein Bier" sagte, sahen ihn alle an. Andererseits. Hätte er in einem seiner Lokale im Südburgenland „ein Bier" gesagt, es wäre genauso still geworden, alle Ohren hätten die Augen in seine Richtung gezwungen. In zwanzig Minuten war ohnehin alles vorbei.

Dieser Kurs! Franz Schwarz massierte seine Schläfe. Dieser entsetzliche Kurs! Andererseits war er seine letzte Hoffnung. Hatten die alle nichts zu tun? Er sah sich mit seinem freundlichsten Lächeln um. Oder hatten die sich frei genommen? Wahrscheinlich waren sie krank! Er grinste. Wußte ja niemand, was er dachte. Der da drüben mit der Brille und der Hakennase – wie der ständig aufsprang, mit den Armen ruderte, sich die Stirn schlug, wo doch alles ruhig war auf dem Feld, kein einziges Tor gefallen. Der Gedrungene mit der Glatze zwei Sitze weiter – ständig stieß der Laute aus sich, als wäre gerade um Haaresbreite Entscheidendes vereitelt oder elendiglich vermasselt worden, während offensichtlich keine der beiden Mannschaften auch nur irgendetwas riskieren wollte. Dennoch bangte Schwarz mit ihnen. Noch war alles möglich. Ringsum hielten sich Männer an Biergläsern fest.

Nach zwanzig Minuten war nichts vorüber. Die Glücklichen auf der Leinwand, deren Beine pro Stück mehr wert waren als alle in diesem Lokal zusammen, saßen im Gras und ließen ihre Waden massieren. Neulich hatte Schwarz ihre Gagen in der Zeitung studiert. Er hatte nicht gewußt, was er davon halten sollte, als er mit Manfreds Taschenrechner zum Fünfhundertfachen seines früheren Monatseinkommens gelangt war, das jährliche Millionenfixum der Stars gar nicht mitgezählt. Mein Gott, hatte Manfred gesagt und abgewunken, so sei das eben, dafür würden sie bei jedem Fehler von den Zeitungen fertiggemacht. Zeitungen und fertiggemacht werden? Schwarz hatte aufgelacht. Das ging auch ohne Millionen! Manfred hatte ihn verdattert angesehen. Trotzdem waren diese Gagen nicht gerecht. Andererseits verdienten andere noch viel mehr. Viel viel mehr. Irgendwo war alles vollkommen verrückt; anderswo hingerückt, wie Beer gesagt hätte, der so gern Worte zerlegte wie er Fußballspiele. Jegliches Maß war abhanden gekommen. Er saß in diesem Kurs und galt auf einmal nicht mehr als arbeitslos. Mit dem Geld, das er bekam, konnte er gerade überleben. Vielleicht war es aber wirklich einfach so und Punkt. Bald würde die Verlängerung beginnen. Das war wichtiger.

Schwarz stand auf, bahnte sich einen Weg zur Toilette, nickte den anderen Männern beim Händewaschen zu und schob sich durchs Gedränge an die Bar. Eigentlich gefielen ihm die Afrikaner besser. Er hielt immer zu den Schwächeren. Trotzdem fühlte er sich verbunden mit den Männern hier, die untereinander, aber nicht mit ihm sprachen, ihre Spieler verwünschten und bei jeder vermeintlichen Ungerechtigkeit die Fäuste auf den Tisch schlugen, als hätte das irgendeinen Einfluß. Die Türken kamen ihm nicht gerade euphorisch vor. Aber sie hofften, wie er. Die Werbung war vorbei, der Schiedsrichter gab das Spiel frei, und Schwarz sah einen Fernseher, auf dem ein Teddybär saß, Leute auf einer Couch, die nicht dort saßen, du bist, wo du bist, sagte er sich und lächelte einem fremden Gesicht zu. „Ich will, daß ihr gewinnt", sagte er seinem Sitznachbarn. „Eh", sagte der.

Als mit einem fernen Schuß der Jubel ausbrach und die Männer einander um die Hälse fielen, auf der Straße die ersten Böller abgefeuert wurden, rote Fahnen unterm Plafond wogten, stand Franz Schwarz mit weit von sich gestreckten Armen und geschlossenen Augen, beide Hände zu Fäusten geballt, den Kopf wild schüttelnd, vor seinem umgestoßenen Sessel und rief: „Ja! Ja!" Er war als erster aufgesprungen. Nun stand er einfach und genoß sein Glück. Herrlich war das, Tränen kullerten ihm über die Wangen. Er sah die Spieler auf der Leinwand einander umarmen, küssen, stürzen, Dressen ins Publikum werfen. Morgen im Kurs hätte er etwas, woran er sich aufrichten konnte.

Da packte ihn ein dicker Kerl seitlich, legte den Arm um seine Schulter, ein anderer kam von der anderen Seite, gemeinsam hüpften sie im Kreis, und Schwarz brüllte irgend etwas zu den unverständlichen Rufen ringsum. Sie drückten ihm eine kleine Fahne in die Hand, blutrot und mit dem Halbmond, zerrten ihn mit auf die Straße, beinahe hätte er sein Bier vergessen. Draußen wurde gekracht und getanzt, die ersten Autokonvois setzten sich in Bewegung, aus heruntergekurbelten Fenstern wehten zu gedrückten Hupen große rote Fahnen, ragten entrückte Gesichter und bebende Oberkörper in die Stadt, während an den Ecken und auf den Gehsteigen Polizisten in ihre rauschenden Funkgeräte sprachen und wichtig in die Gegend blickten. In ein Menschenknäuel gewoben, auf den Gehsteigen ringsum offene Münder, rollte Franz Schwarz die Straße entlang und fand sich jäh auf der Rückbank eines Autos neben einem großen Türken mit riesiger Sonnenbrille stehen.

Als sie einander die Köpfe zuwandten, staken ihre Hälse aus dem Schiebedach eines weißen Wagens, der ununterbrochen hupte und orientalische Musik ins Freie strömen ließ. Schwarz wedelte mit seiner kleinen Fahne und schrie: „Gelernt ist gelernt!" Und mit verzerrtem Gesicht brüllte er in den Trubel: „Maariiiiiiaaaannnneeeeeeeeee!"

AM FOLGENDEN WOCHENENDE WAR PAUL BEER AUF DER SÜDAUTOBAHN UNTERWEGS ZU MARIANNE KELEMEN. Vorbei an Baustellen, Baggern, schwitzenden Männern mit Schaufeln und Preßluftbohrern, gezwängt in verschmälerte Fahrspuren, dachte er an das, was Franz Schwarz ihm bisher erzählt und an jenen Satz, den die Antiquarin vorgelesen hatte, den er nicht identifizieren konnte und doch gleich gründlich wie bestimmt kritisiert hatte. *Wer aber unglücklich stirbt, dessen Leben war umsonst.* Warum gerade dieser Satz? Was war das für eine Beziehung zwischen zwei erwachsenen Menschen? Wollte sie ihm sagen, er sei unglücklich? Er war glücklich, in ein Auto steigen zu können, wann er wollte, und fahren zu können, wohin er wollte. Beinahe.

Als Beer die zweisprachige Ortstafel „Oberwart/ Felsőőr" erblickte, die ihm einsprachig und schwarz umrandet von Zeitungs- und Fernsehbildern merkwürdig vertraut war, folgte er Schwarzens Anweisung, immer geradeaus zu fahren. Vom Trauerflor und der Bombe hatte Franz Schwarz unwirsch gesprochen. Es gebe solche und solche. Mehr sagte er nicht. Selbst in seinen Anekdoten, die er ansonsten bereitwillig ausbreitete, blieb ein Rest, der von Befangenheit kündete. Ihr denkt euch viel aus in eurer Menschenliebe, schien er zu sagen, bloß von der Wirklichkeit habt ihr keine Ahnung. Daß die Zigeunerbuben den kleinen Jungen verprügelten; daß die dicken dunklen Frauen tagein tagaus im Kaffeehaus des Supermarktes säßen; daß sie unter sich blieben und gar nicht in die Stadt wollten; daß die Alten mit dem Kazettgeld gut lebten; daß die Medien, und wer wüßte das besser als er, gierige Bilder zeichneten; und daß sie Menschen seien, die man nicht mirnichtsdirnichts in die Luft sprengen könnte.

Schon die Plakate an der Ortseinfahrt, die auf Holzständern sie mit Vodka- und Spritzertiefstpreisen zu Musikunterhaltungen und Veranstaltungen lockten, bei denen Autos zu Schrott gefahren wurden, weckten in Beer die Frage, die sich ihm stellte, wann immer er unterwegs war: Wie wäre es, hier zu leben? Je älter er wurde, desto mehr Orte konnte er sich vorstellen. Da war ein Plan in seinem Kopf, mit unterirdischen Gängen und verzweigten Labyrinthen, mit klitzekleinen Beobachtungen und aufbewahrten Momenten, in dem verzeichnet war, wo überall es sich leben ließ, und warum. Die Sonne schien, vor ihm zuckelte eine Autoschlange, er kam nur langsam voran. Die Wienerstraße entlang, vorbei an zweistöckigen Häusern, in denen ebenerdig Geschäfte untergebracht waren, hielt er bei

Rot an einer Kreuzung. Zu seiner Rechten wartete das Postamt auf Briefe und Telegramme, zu seiner Linken wuchs ein Hochhaus in den blauen Himmel, ein riesiger beiger Klotz, Triumph des Fortschritts, den er schon auf der Landstraße nicht nicht hatte sehen können. „Der Schandfleck." Franz Schwarz, Wien Ottakring, Mai 2002, einhundertundzwanzig Kilometer Luftlinie.

Seine abschätzigen Urteile – eine häßliche Stadt, mißtrauische, unterwürfige Menschen, ein unbedeutendes Nest, das sich Metropole nenne – hatten nicht so recht zu seinen Erzählungen passen wollen. Da war er stundenlang mit Freunden den Lift des Hochhauses auf- und abgefahren, da waren sie in irgendeinem Stock ausgestiegen, hatten an Türen geklopft, sich als dreizehnjährige Zeugen Jehovas ausgegeben, waren weggelaufen, bevor die Drohung, die Polizei zu rufen, noch zu Ende gesprochen war, hatten sich in Gängen versteckt, mit sonderbaren Mitteilungen bekritzelte Zettel in Briefschlitze geworfen und anderen Unfug mehr getrieben – mit feuchten Augen hatte er erzählt, jedes Detail wollte er sich wieder holen, jeden Geruch, jede Farbe aus der Vergangenheit zerren, und dann sagte er: „Der Schandfleck, unser, Ihr Wahrzeichen."

Beer gefiel er. Diese Stadt mit der schnurgeraden Straße, von der sie durchschnitten wurde, mit den Menschen, die eher gemächlich über die Gehsteige schlenderten, mit den pastellfarbenen Häusern und zweckdienlichen Bauten erinnerte ihn an Bulgarien. Dort hatte er schöne Wochen verbracht. Warum fiel ihm Bulgarien ein? Vielleicht war es eine gewisse Geschichtslosigkeit, die ihn anzog. Alles offen, nichts festgeschrieben, Ungarn, Österreich, auch die Gesichter – was war das? „Der Balkan fängt hinterm Rennweg an." Metternich. Ja, vielleicht war es das, Balkan. Vielleicht war das aber auch nur seine Phantasie. Zieleinsgebiet der Europäischen Union, amtlich bestätigter armer Landstrich, jahrhundertelang Marktplatz für die Bauern ringsum, die in den großen Ort kamen. Keine Prunkbauten, keine historischen Ausgrabungen in die Tiefen der Zeit, keine ehrfurchtseinflößenden Mauern, keine Industrieruinen; Geschäfte stattdessen, Besorgungen, Einkauf, Leben im Heute, abseits der Hauptschlagader der Zeit, einhundertundzwanzig Kilometer hinterm Rennweg. Der Mann, der ohne Eile über den Zebrastreifen ging, eine Zigarette im Mundwinkel, die Arme hinterm Rücken verschränkt, hätte Schwarz sein können. Aber der sagte: „Interessiert mich alles nicht mehr."

Gegenüber lag ein Park, ein steinernes Kriegerdenkmal (Geschichtslosigkeit, Paul?) ehrte die Söhne der Heimat, die noch in Rußland von ihnen verteidigt worden war. Alte Kastanien, unter denen vereinzelt Menschen auf Bänken saßen, ein paar Holzhütten einsam und versperrt, kein Park, den Hitzefliehende aufsuchen. Beer fand alles ganz anders als von Schwarz beschrieben, der hier, wohlverborgen zwischen Bäumen, das erste Mal ein Mädchen geküßt hatte. Ein kleiner Spielplatz hinterm Kriegerdenkmal, Schaukel, Kletterhäuschen, Rutsche, und da war auch die Sandkiste, auf deren Rand Schwarz stundenlang mit dem Mädchen gesessen war, eisessend, lachend, bis sie nichts mehr vor dem Moment retten konnte, der kommen mußte. Der erste Kuß, eine Ahnung von mehr, verzaubert der restliche Tag. Und wohl auch die nächsten Wochen verzaubert, hätte es ihr nicht solchen Spaß gemacht, daß er sie acht Tage später, als er auf der Suche nach einem Freund durch den Park ging, mit einem anderen Jungen küssend auf dem Sandkistenrand sehen mußte. Umgedreht und davon und niemandem ein Sterbenswörtchen erzählt, und auf der Wiese mit den anderen Fußball gespielt, außer Atem und mit zerschundenen Knien nach Hause. Da hätten er und Marianne einmal mit ihrem Kind spazieren wollen, in der Sandkiste Burgen bauen, Gräben ausheben, Wasserspeicher anlegen, lange bevor es selbst alt genug wäre, um hier zu sitzen und verstohlen erste Küsse auszutauschen. Daneben, nur ein paar Schritte entfernt, der Pavillon aus Beton. Da hatte er sich mit seinen Freunden getroffen, um junge Männer zu spielen, Bier und Schnaps zu trinken, Zigaretten zu rauchen und die Lage der Welt zu besprechen, die eine kleine Stadt war. Wer darf wem nicht über den Weg laufen? Wer liegt mit wem im Freibad auf einer Decke? Wie lange würde das noch gut gehen? Wer hätte dann die besten Chancen? Wie küßt die? Der hat mit ihr? Sachen gibt's. Und wenn das Kind größer wäre, es besser und einfacher gehabt hätte als sie, hätten er und Marianne gewußt, wohin fahren, wenn es zur ausgemachten Stunde, die es bittend und bettelnd immer weiter nach hinten geschoben hätte, noch immer nicht zu Hause gewesen wäre. Wie erleichtert sie gewesen wären, hätten sie es nicht im Dunklen im Pavillon gefunden. Wie erschüttert, wenn doch. Pavillon, schon das Wort, Beer hatte sich den Park riesig vorgestellt, verzweigt, mysteriös, Zwischenwelt. Irgendwo mußten all diese Geschichten ja hineinpassen. Die bösen alten Männer, die die Jungen vertrieben; ganz in der Nähe die Polizei, vor der man sich besser versteckte; die Freunde und Freundinnen mit ihrer Lebenswut; die Raufereien; die Räusche; die Sommernächte; die Schneebälle im Winter. Alles hatte in diesem kleinen Stückchen Welt Platz gehabt.

Die Ampel gab den Weg frei, gegenüber des Parks saß man eisessend an der Straße. Jeder schien ihm schamlos ins Auto zu starren, Beer setzte seinen freundlichsten Blick auf. Wie wäre es, hier zur Post zu gehen, hinterm Park manchmal in den Zug zu steigen, wie wäre es, in diesen Häusern zu sitzen und mit diesen Menschen Wein zu trinken? „Beschissen", sagte Schwarz. Seine Augen und seine Geschichten sagten anderes.

Einen Steinwurf vom Park entfernt, oder, wie ihm sein Reiseführer erzählt hatte, einen Kastanienwurf und hinterm Busch versteckt, lag die Bezirkshauptmannschaft, vor der eine pechschwarze Skulptur stand, die Josef Kelemen wahrscheinlich nicht einmal bemerkt hatte, als er eingetreten war damals, damit sich alles alles wende. Alles alles wende – das kam in irgendeinem Gedicht aus der Zeit der bürgerlichen Revolutionen vor. Wie viele Zeiten sich in einem Kopf vermischten. Wie viele Zeiten auch dort drüben, wenige Schritte weiter, im mattgelben Rathaus sich vermischen mochten, vor dem ein Bus Menschen für die Hauptstadt faßte, und wie viele Menschen zu wie vielen Rechten auf der gegenüberliegenden Seite im rosaroten Bezirksgericht bei Verhandlungen gesessen waren. Neben dem Gericht stand eine Würstelbude, vor der ein dunkler Straßenkehrer in ausgewaschener Arbeitskluft Bier trank, eine rollbare Mülltonne, Besen und Schaufel neben sich. Ein alter Mann lehnte mit dem Rücken zur Bude, offensichtlich längst nicht mehr in der Zeit, die im Kalender stand, Hosenträger über den dicken Bauch gespannt, im Mund eine längst verglommene Zigarre, an der er ununterbrochen sog. Der Dickbauch sprach, der Straßenkehrer trank, der Würstelbudenbesitzer stand stumm, beobachtete mit vor der Brust verschränkten Armen die Straße, die ab hier auf einmal Steinamangererstraße hieß und ins Untertrum führte, wo in Schwarzens Kindheit noch ungarisch gesprochen worden war.

Beer parkte einem Chinarestaurant gegenüber und stieg eine Freitreppe zu einem wuchtigen Betonbau hinauf, der sich Osterkirche und den Schwarz Atomschutzbunker nannte. Beer ergriff Partei gegen ihn und stellte das graue Gotteshaus über alle üblichen Kirchlein, gerade weil es aussah, als wäre Gott nicht in ihm zu Hause. Auf dem Hügel, unscheinbar im Hintergrund, stand eine rosafarbene Kirche mit Schiff und Turm und allem, was dazugehörte. Schwarz hatte sie die alte genannt; in ihr wurden die Totenmessen gelesen. Und nun leicht bergauf, wie Schwarz mit geschlossenen Augen und sanftem Tonfall in seinem Ottakringer Beisel beschrieben hatte, an der alten Kirche, einem hölzernen Kruzifix zwischen morschen Parkbänken vorbei, über den grün zugewachsenen Bahndamm, durchs Tor, von da an steiler, Beer dachte an den jungen Mann mit den Dreadlocks, der ahnungslos und unerschüttert durch die Welt streifte, ohne eine Idee von der Toten, die ohne ihn noch leben würde, stellte sich, einer baufälligen Kapelle entgegenkeuchend, vor, wie sich Mariannes starrer Blick für immer in Josefs Erinnerung eingebrannt hatte, siebente Reihe von oben, ein beschwerlicher Weg für einen starken Raucher, Beer atmete tief, das Getuschel in diesem Nest, und links. In einen purpurnen Marmorstein stand gemeißelt: „Marianne Kelemen. 1967–1998. Wer an mich glaubt, wird leben, auch wenn er stirbt."

UND JEDER, *der lebt und an mich glaubt, wird in Ewigkeit nicht sterben.* Der schwerhörige Mesner, ein freundlicher, zuweilen aufbrausender pensionierter Briefträger mit ergrautem Schnurrbart, dem auch ohne sein

Moped und die gelbe Tasche der Name *Blitz* geblieben war, winkte den blonden Volksschüler in weißer Robe, dem ein Holzkreuz vom Hals baumelte, an einem heißen Julitag 1998 in die Sakristei. Der Ministrant faltete die Hände, verbeugte sich demütig vor dem Altar und folgte würdigen Schrittes dem Wink.

Vor der aufgestoßenen Tür in den kalten Raum stand ein Metallgestell, über das ein schwarzes Tuch geworfen war. An einem großen schwarzen Wagen vorbei, dessen geöffnete Hintertür auf den Sarg wartete, sah er die altbekannten Bäume, die im Dunkeln schaurigen Bänke und den Gekreuzigten vor einem überfüllten Parkplatz. Im Freien rauchten die Sargträger, schwitzten in ihren dunklen Uniformen und grinsten unter schiefsitzenden Kappen. Einer war stets dermaßen unzweideutig gerötet, daß der Ministrant jedesmal befürchtete, er werde das Seil und also den Sarg fallen lassen. Der Mesner drückte dem Kleinen ein schlichtes Fichtenholzkreuz in die Hand, um das eine weiße Schleife gelegt war. Im Querbalken stand in schwarzen Blockbuchstaben der Name der Verstorbenen, Marianne Kelemen, über deren Tod seine Eltern und ihre Bekannten stundenlang mit gedämpften Stimmen gesprochen hatten, gerade so, als hätte er keine guten Ohren und seine Zimmertür nicht leise geöffnet.

Wenige Schritte vor dem Bahndamm blieb der Ministrant stehen und wartete. Er dachte an sein Fahrrad, das er später zu seinem Freund mit den Spielzeugsoldaten treten wollte. Gleich würde eine schwarze Menge aus der rosaroten Kirche strömen und sich hinter ihm sammeln. Dann kämen mit gefalteten Händen die anderen Ministranten vor dem Herrn Pfarrer, der im Schrittempo dem offenen Heck des Leichenwagens folgte, hinter ihm schluchzend die Angehörigen, die meist im Vorhinein mit einer Spritze vom Arzt beruhigt worden waren. Dereinst, wenn er an der Reihe, das heißt auf der anderen Seite wäre, würde er sich nichts injizieren zu lassen.

Diskret gab der Mesner das Zeichen, die alten Weiber, die zu jedem Begräbnis kamen, begannen krächzend zu singen, und der Kleine ging los. Langsam, gemessen schritt er voran, durchs Tor zuerst, bergauf dann, wie ein paar Jahre zuvor, als sie die vier ermordeten Zigeuner bestattet hatten und das Fernsehen dabei war und die Kirche vollbesetzt und der Bundeskanzler, der nachher den Ministranten die Hand, nicht aber den großen Schein gegeben hatte, den sie sich zumindest grün ausgemalt hatten. Von diesem Begräbnis hatte er eine Videoaufzeichnung, auf der er sich oder den kleinen Buben, der er einmal war, bisweilen studierte. Sein Blick war ernst, dem Dienst angemessen; nur sein Kreuz hatte er mittlerweile besser durchzudrücken gelernt. War alles vorbei, bekam er zwanzig Schilling vom Chef des Bestattungsunternehmens. Und waren die Angehörigen selbst im Schmerz noch zu denken imstande, einen Zwanziger oder mehr dazu. Nie vermochte er den Hinterbliebenen in die Augen zu blicken. Eindringlich versuchte er sich vorzustellen, von Begräbnis zu Begräbnis, an ihrer Stelle zu sein.

DU GABST, *oh Herr, mir Sein und Leben* – vorm offenen Grab, im Rücken das erstickte Heulen eines Mannes, der nicht viel jünger als seine Eltern war, gegenüber der Pfarrer, dem die Ministrantin den Weihrauchkessel zum Einsegnen reichte, hielt sich der Kleine am Kreuz fest – *und Deiner Lehre himmlisch Licht. Was kann dafür ich Staub Dir geben* – als die Totengräber mit feierlichen Blicken seitlich an die Grube traten und die Seile festzurrten, während der Chef im Anzug und mit verspiegelter Sonnenbrille die beiden runden Holzlatten wegzog, auf denen der Sarg ruhte, als die Männer, nach hinten gelehnt das feste Schuhwerk ins aufgeworfene Erdreich gestemmt, den Sarg langsam hinunterzulassen begannen – *Näher mein Gott zu Dir, nä-ä-her zu Dir* – und im Rücken des Ministranten, wie stets, während die beiden Seile immer kürzer wurden, ein hilf-, ein fassungsloses Schluchzen hervorbrach, „Marianne", stammelte der Gatte Josef, dem der Pfarrer sein tief empfundenes Mitleid ausgesprochen hatte, „Marianne", und der Kleine ahnte, wie man an den stämmigen Rotblonden mit dem struppigen Vollbart herantrat, der während des Trauergottesdienstes kein einziges Mal den Blick vom Boden erhoben hatte, wie man ihn stützte, wie die Hand um ihn legte, wie er dabei ganz woanders zu sein schien, und jedesmal, bei jedem Begräbnis fürchtete er diesen einen traurigsten Augenblick, in dem alles endgültig vorbei, noch die letzte Hoffnung, der da drinnen möge gegens Holz klopfen und gar nicht tot sein, geschwunden war, wenn das Lied das Signal zum Versenken gab – *näher mein Gott zu Dir* –, er fürchtete, der Hinterbliebene, die Hinterbliebene risse sich los und stürzte sich ins Grab nach, als es höllisch rumpelte, der Sarg wieder einmal nicht gehalten werden konnte, einer der Totengräber musste sein Seilende zu rasch hinuntergelassen haben, der Sarg geriet aus dem Gleichgewicht und legte sich im Schacht quer – *nä-ä-her zu Dir* –, aufgebracht trat der Chef ans Grab, blickte hinunter und zerrte hektisch an einem Seil, zerrte, der Sarg klemmte noch immer schräg, endlich gab eines der Seile nach, und die Holzkiste konnte gerade hinuntergelassen werden. Ringsum wischten Taschentücher Augen, Menschen lehnten sich aneinander, der eine stützte seinen Kopf an dem der anderen ab, alles schien langsam, Moment der Ewigkeit, in Zeitlupe, wie rot weiße Gesichter werden konnten. Der Kleine trat einen Schritt nach vorn, blickte auf den Sarg, nahm die weiße Schleife vom Holzkreuz und warf sie ins Grab. Er bekreuzigte sich, senkte kurz den Kopf und trat zurück. Die Ministrantin reichte dem Pfarrer das Weihwasser, und im Rücken des Kleinen heulte Josef so verzweifelt auf, als wäre es von nun an unmöglich, weiterzuleben. Der Pfarrer trat zwei Schritte nach vorn, seine polierten Schuhe auf lehmiger, klumpiger Erde, sprenkelte das Weihwasser geradeaus, nach links und nach rechts, die Versammelten bekreuzigten sich, und bald schon, durchs Tor schreitend, pfiff der Ministrant vor sich hin, während oben die Menschen ans Grab traten, um der Toten Erde und Blumen nachzuwerfen. Durch eine Hintertür trat er in die Sakristei. Rasch zog er das weiße Kleid aus. Er setzte sich in einen Sessel und wartete auf die beiden anderen Ministranten – wie sie das Begräbnis beurteilten.

WELCHES URTEIL STAND PAUL BEER ZU? Wieviel konnte der Einzelne für seine Gemeinheit, wieviel seine Umgebung? Es war spät geworden. Polternd saßen biertrinkende Halbwüchsige am Nebentisch, rauchten um die Wette, äfften Lehrer nach und beurteilten Mädchen, die sie Weiber nannten, mit Schulnoten. Einmannarmeen auf Missionen, von denen sie keine Ahnung hatten.

Ein hochaufgeschossener Blonder, betont nachlässig gekleidet, der aufgeregt von einer Party erzählte, weckte in Beer die Frage, was aus so einem würde. Ein Schwarz? Ein versoffener freiheitlicher Lokalpolitiker? Ein redliches Familienoberhaupt? Aber da kam das Wort auf eine Englischschularbeit und Latein, verwundert sah Beer Studenten und Ingenieure, einen zukünftigen Arzt und einen Richter, einen Gemeinderat und Kleingewerbetreibende. Der große Blonde prahlte mit Prügeln, die er einem anderen verpaßt habe, schilderte die Demütigung des Gegners in jeder Einzelheit, jeden Tritt, jeden Stoß, jede Portion Spucke, die er ihm ins Gesicht habe rinnen lassen, und als der zukünftige Richter alles mit vorgewölbten Lippen ins Lächerliche zog, schimpfte er ihn einen dreckigen Zigeuner.

Vor vier Jahren hatte er in einer weißen Robe Marianne Kelemen die Schleife ins Grab nachgeworfen – auf den schmucklosen Holzsarg, der sich im Schacht verkeilt hatte, was der Trauergemeinde so schrecklich unangenehm gewesen war. Dabei hatte das etwas, wenn die Holzkiste mit dem Lieben oder einfach Verstorbenen beim Verschwinden auf nie mehr Wiedersehen Mätzchen machte, wie er ausführlich erzählte, wenn ihn seine Freunde noch immer als Gottesknecht und Pfarrerslustknaben verspotten wollten. Wie es dann rumpelte, schilderte er ihnen, wie es rumorte, wie man hörte und spürte, daß dem Sarg Kanten abgeschlagen, das Holz zerkratzt, der tote Mensch durchgeschüttelt wurde, zum letzten Mal, bevor sich die Würmer in mühseliger Kleinarbeit mit dem ganz gewöhnlichen Verfallsprozeß bis zum Ende jeden Fleisches verbündeten. Jene Frau war erschlagen worden, in einem Handgemenge umgekommen, wie auch immer, dieser tote Mensch, der schon nicht mehr gespürt hatte, wie er durchgebeutelt wurde und wie die Trauernden deswegen nur noch heftiger schluchzten, würde bald der Staub sein, aus dem er gemacht war. Sie und ihr heulender Gatte, der sie wahrscheinlich bei jeder Gelegenheit betrogen hatte, hatten ihre Nachbarn mit Drogen vergiftet, die Lokalzeitungen waren voll damit gewesen, der Pfarrer sprach von einem tragischen Unglück und den Wegen des Herrn, die unergründlich seien. Von all dem wollte der junge Mann nichts mehr wissen. „Wenn der Lackaffe da drüben", raunte er seinem Freund zu und wies mit dem Kopf auf Beer, „noch einmal blöd rüberschaut, schmier ich ihm eine."

Paul Beer war tagsüber die Ecksteine abgefahren, mit denen Franz Schwarz seine Geschichte abgesteckt hatte. Er hatte das Einfamilienhaus gesehen, dessen neue Bewohner nicht zu Hause waren, den penibel gemähten Garten, den Griller und das runde Planschbecken, war über den reformierten Friedhof, auf dem ein ungarisches Begräbnis gelesen worden war, zum Russenfriedhof hinaufgekeucht, um sich vorzustellen, wie der Bub mit seinen Freunden Krieg gespielt hatte, war einen stillen Weg an der bräunlich dahinfließenden Pinka entlanggeschlendert, wo Schwarz mit seinen ersten Mädchen unter alten Bäumen gelegen und sich mit Freunden nackt und flach ins seichte Wasser gelegt hatte. Beer war ins Stadion gegangen, hatte sich in den Anhängersektor gesetzt, aufs Spielfeld gestarrt und Tennisschläge von den Plätzen dahinter gehört, war die Hauptstraße einmal auf- und abmarschiert, hatte sich den Mittwochsmarkt mit seinen Ständen, Würsten und billigen Kleidern dazudenken müssen, und war mit seinem Auto stundenlang Straßen und Gassen abgefahren, um die sanfte Schwere, aber auch jene Heiterkeit und fröhliche Sorglosigkeit zu spüren, von denen Schwarz so leuchtend erzählte – und die ihn umgekehrt gemodelt hatten.

Nachdem er ein paar Minuten vor Mariannes Grab gestanden war, unschlüssig, was er hier, in den Leben fremder Menschen, finden wollte, war er weiterspaziert, hatte das Grab zweier Roma gesehen, die vor fünf Jahren vor ihrer Siedlung am Stadtrand mit zwei anderen in die Luft gesprengt worden waren, war wieder bergab gegangen und einfach die Straße neben den verrosteten Schienen, auf denen längst keine Züge mehr rollten, weiterspaziert. Auf einmal war da noch ein Friedhof, für Arme, kleine Grabsteine, die an die erinnerten, an die sich niemand mehr erinnerte. Auf dem jüdischen Friedhof nebenan ein paar Steinchen auf verwitterten, schiefen Grabsteinen, Moos zwischen den hebräischen Zeichen, auch hier gab es keine Verwandten mehr, auch hier hatte man Menschen zuerst andersnwohin gewünscht und dann ermordet. Und noch einmal ein paar Schritte weiter hatte er auf dem evangelischen Friedhof eine alte Frau beim behutsamen Gießen der Grabblumen beobachtet, bis es ihm gereicht hatte. Kein Hauptplatz, aber sechs Friedhöfe. In ein paar Jahren würde es noch einen islamischen Totenbezirk geben, einen feministischen, einen schwulen, einen lesbischen, einen für Künstler, einen für Rauchfangkehrer – soviel Vielfalt, so viele Grenzen!

Beer hatte in einem kleinen Gasthof ein Zimmer bezogen. Abends hatte ihm die Wirtin den Weg in ein Lokal gewiesen, in das man gehe, vor allem die Jugend, wie sie gesagt und was Beer durchaus geschmeichelt hatte. Vom Gasthof waren es nur wenige Schritte, Beer hatte sich leicht gefühlt, als er an den Häusern vorübergegangen war, die sich mit ihren Hecken, Zäunen und

Jalousien fremden Blicken so redlich verschlossen. Er rauchte und ließ die lauten Bengel am Nebentisch laute Bengel sein. Langsam trank er seinen Wein und dachte an die Niederlande, wo all das umgekehrt war, man zu jeder Zeit in jede Wohnung sehen konnte, vor lauter Rechtschaffenheit und bereitwilliger Rechenschaft, daß ohnehin nichts geschähe, was nicht gesehen werden durfte. Was wurde hier verborgen? Beer musterte die Leute, die mittlerweile dicht an dicht bis zur Bar standen. Sie hätten überall und nirgends genauso gut stehen können. Metternichs Satz fiel ihm wieder ein. Vielleicht war es das, vielleicht auch nur romantische Veranlagung. Er fühlte sich nicht in Österreich. „Wenn sie schon überall Kleinstaaten gründen, sollte man doch endlich Wien und das Burgenland von Österreich abspalten." Sagte Franz Schwarz, in Manfreds Beisel.

Am nächsten Morgen wollte Beer früh aus dem Bett und weiter südlich auf den Eisenberg. Wie oft hatte er davon gehört, wenn Schwarz seinen Geschichtenkoffer öffnete. Oben auf dem Berg der Blick nach Ungarn, eben alles, weit, unbegrenzter Horizont. Weinhänge, Grenzsoldaten, Keller. Ocker die Felder, strohgelb, immer wieder dunkelgrün von Waldinseln unterbrochen, die nach Süden hin zusehends dunkler würden, bis sie sich dort, wo man einfach nicht weitersähe, in diesigem Blaugrau auflösten. Wie am Meer, hatte Schwarz hinzugefügt, wenn man nur lang genug hinsähe. Mit zusammengekniffenen, leicht geröteten Augen erzählte er in seinem Lokal, in dem jenes Bild hing, das ihn überleben würde, von den Sonntagen beim Heurigen („Was bleibt unsereinem denn, wenn nix los is?"), wohin sie mit Freunden fuhren („A lustige Partie damals, ich hätt für jeden die Hand ins Feuer g'legt, und mich verbrannt, wie Sie ja wissen, Herr

Doktor"), dunkelroten Wein tranken, selbstgedichtete Schmählieder sangen und Riesenbrote aßen. Das Achterl Rot, guter Wein, auch der Schankwein, hatte Schwarz gesagt und so laut gesprochen, daß der Wirt es hören mußte, das Achterl Rot bekomme man auf dem Eisenberg für einen Euro. In Oberwart zahle man drei. Und in den feinen Wiener Lokalen mindestens vier. Wenn das nicht verrückt sei!

Schon kam ein weiteres für drei, und Beer mußte morgen von Rieden, wo solches wuchs, zurückfahren. Die Welt war ungerecht. „Die Marianne", hatte Schwarz mit weicher Stimme gesagt, während ihn Beer nickend zum Weitersprechen aufgefordert hatte, „hat ja immer ihre Späße mit den ungarischen Grenzsoldaten trieben. Und beim Heimfahrn, da is so ein Gedenkstein, weil einer mit dem Auto verunglückt is. ,So a junger Mensch', hat's immer g'sagt. Sie is nicht viel älter worden."

Wenn er alleine war, versuchte Beer mitunter Schwarzens Dialekt nachzuahmen. Den hatte er im Kopf, brachte ihn von dort aber nicht aus dem Mund. Beim Vorbeikommen fragte Beer den Kellner, welche Buschenschänke („So heißt das bei uns, Herr Doktor, net Heuriger") er ihm empfehlen könne, und es war ihm unangenehm, wie dieser sich bemühte, nach der Schrift zu sprechen, nur weil er es tat. Vielleicht war es diese Unsicherheit, wer man denn eigentlich sei, weil soviel Interessantes in einem steckte, die Beer an Schwarz gefiel. Die Burschen am Nebentisch riefen nach dem Kellner. Immerhin kam es darauf an, aus welchem Text die Schrift stammte. Sprache war aufgehobene Schrift. Der Blonde lachte schauderhaft, Beer zog ein Taschenbuch aus seiner Sakkotasche. „Dich hat hier auch noch niemand gelesen", murmelte er.

URSULA STEINER LAS IN EINEM KINDERBUCH, in dem ein kleines dickes Mädchen seine teuren Puppen gegen funkelnde Murmeln eintauschte, die es vorm Vater verstecken mußte, weil er sie ihm wegnahm und wieder einmal fluchend zerschlug, als Paul Beer mit einer weißen Papiertragetasche ins Antiquariat trat. Natürlich wurde die Kleine von dem Mädchen, mit dem sie tauschte, fürchterlich übervorteilt; aber jedesmal, wenn der Vater von einer Reise heimkehrte, bekam sie eine neue Puppe. „Die Puppen sind eine große Familie", sagte der Vater, „wenn eine fehlt, bricht den anderen das Herz."

Paul Beer setzte sich. Er zwinkerte mit den Augen, strich sich übers Kinn, tastete nach Bartstoppeln. Sie nahm ihre Brille ab und klappte das Buch zu. Viel hatte sie heute nicht verkauft. Zweidrei Bücher, die ohnehin billig gewesen waren. Noch kam sie über die Runden. Sie führte ihr Geschäft gewissenhaft und sorgfältig, vor allem gern, hatte sich eine Stammkundschaft aufgebaut, konnte beraten und für Bücher begeistern, die sie schätzte. So ließ es sich leben. Reisen konnte sie und lesen. Sie konnte sich kaufen, was sie zum Leben brauchte, und war bescheidener geworden in dem, was möglich war auf der Welt. Nur die Fäuste hatte sie unverbrüchlich in der Hosentasche geballt. Bald würde man sie erneut zeigen können. Daß wieder junge Leute zu ihr kamen und die richtigen Bücher nach Hause trugen, war ein gutes Zeichen.

Ursula Steiner freute sich noch immer über eine großzügige Werkausgabe, die sie vormittags im Netz aufgestöbert hatte, zu einem passablen Preis, wie sie Paul Beer sogleich mitteilte. „Schön", sagte er abwesend und bemühte sich um ein verbindliches Lächeln, „schön!", als fiele ihm sonst nichts ein. Sie erzählte ihm von den Vorteilen des potentiell weltweiten Netzes. Seit einiger Zeit war ihr Angebot über eine zentrale Seite abrufbar. Wöchentlich trudelten Bestellungen aus Österreich, Deutschland, der Schweiz, aus Holland manchmal und aus Belgien in ihrem elektronischen Posteingang ein. Irgendjemand gab irgendwo den Titel oder den Namen der Autorin ein, und stand das Buch in einem ihrer Regale, schien ihre Adresse auf, der Preis und wie es dem getroffenen Buch ging – gesundheitlich. Irgendwann würde vielleicht niemand mehr in ihre kleine Welt treten.

Wenn Beer ins Antiquariat Steiner eintrat, blieb die Welt draußen; und wenn die reinkam, dann vom Gehsteig als Buch, das besser in der Kiste bliebe. Das Licht gedämpft, und die Ruhe, die von Millionen von Seiten ausging, sprach's sich frei hier, wie ansonsten nur in der fremden Sprache. Die großen Worte, die ihm unheimlich geworden waren, kamen Paul Beer im Ausland wie selbstverständlich von den Lippen. Freilich sprach er sie meist zu sich. Aber wurde er abends, bei einem Glas Wein, in ein Gespräch verstrickt, das er suchte und meistens fand, wob er gern die großen Worte in seine Sätze. Vom Leben sprach er dann, von der Wahrheit, von der Liebe, von der Freiheit, selbst die Gerechtigkeit ließ er nicht unerwähnt und nicht den Frieden. Mit winzigen Abstrichen konnte Beer auch bei Ursula Steiner die großen Worte hinter Doppelpunkte setzen. Er haßte die Zeit der Punkte, in der allenfalls Fragezeichen hinter einst selbstredenden Rufzeichen erlaubt waren.

„Sie haben mir schon so viele schöne Stunden beschert, heute habe ich eine Gegengabe."

Beer grinste, und Ursula Steiner überlegte, was in dieser Tasche sein mochte. Er sah aufgeregt aus, ein wenig fahrig, als brannte ihm etwas unter den Nägeln. Daß er ihr etwas mitbrachte, freute sie.

„Ich war am Wochenende im Burgenland, im Süden, wo der Balkan schon begonnen hat. Und von dort, genauer gesagt vom Eisenberg, wobei Berg in die Irre führt, habe ich Ihnen etwas mitgebracht. Eine wunderbar verträumte Gegend. Würde Ihnen gefallen."

„Hätten Sie mich doch mitgenommen."

„Wären Sie mitgekommen?"

„Was war denn so schön?"

„Die sanfte Landschaft, die kaum unterbrochene Weite, die Freiheit des Blicks. Soviel Grün, kleine Keller, offene Türen, helles Licht. Und überall neugierige Blicke. Dabei ist es sehr ruhig, wie am Ende der Welt, an dem man zu zweit sein möchte."

„Sie sind ein Romantiker."

„Ich bin ein Hans-guck-in-die-Luft." Beer lachte. „Ab und zu fährt ein Traktor vorbei, hin und wieder ein Radfahrer, alte Bäuerinnen in blauen Kitteln und Kopftüchern."

„Das perfekte Versteck für bin Laden."

„Wer weiß." Beer überlegte. „Seine Sprache dürfte kaum unverständlicher sein als der dortige Dialekt."

„Sag ich's doch."

„Rund um bin Laden also sonnige, abschüssige Hänge, alles voller Reben, herrlicher Wein. In der Ebene die ungarische Grenze. Wo sie verläuft, mußte ich fragen. Ist ja beides Ungarn." Er stellte eine Flasche Rotwein auf den Tisch. „Haben Sie Gläser?"

„Haben schon."

„Wenn Sie den nicht trinken, begehen Sie einen nicht unbeträchtlichen Fehler."

„Wenn ich den jetzt trinke, kann ich mich schlafen legen. Ich habe nichts gegessen."

„Um so besser."

„Wissen Sie was. Am Mittwoch koche ich Rindfleisch. Ich nehme ein zweites Stück, und Sie bringen den Wein."

„Das ist alles, was ich wollte." Beer klatschte übermütig in die Hände.

Ursula Steiner drehte ihre Brille zwischen den Fingern. Jetzt erst, als sie Beer die Oberarme an den Körper pressen sah, um die nassen Kreise unter seinen Achseln nach Möglichkeit zu kaschieren, bemerkte sie, wie entsetzlich sie schwitzte. Sie liebte die heißen Tage, an denen alles verlangsamt war. Noch die verbissensten Gesichter, noch die hastigsten Stechschritte büßten an Überzeugtheit ein. Der Kaffee lief langsamer aus der Maschine, die Kellnerin auf dem Weg zum Tisch trank selbst ein Glas, und der Businessman wischte sich im Zurücklehnen weniger der Erschöpfung als des Sommers wegen den Schweiß aus der Stirn. Es waren schöne Tage.

„Erzählen Sie schon. Wo drückt's denn?"

PAUL BEER DRÜCKTE HERUM, rutschte nach links mit seinem Hinterteil und nach rechts, mit der Hand strich er über den Flaschenhals.

„Ich sitze in Oberwart vor einer Konditorei, schaue auf einen mißratenen Park, esse Eis, schräg gegenüber die Bezirkshauptmannschaft, eine formlose Schachtel. Jetzt stellen Sie sich ein Auto vor, das auf dem Parkplatz direkt vorm Gebäude hält. Josef Kelemen, Mitte Dreißig, steigt aus. Traurige, wenn je das Wort gerechtfertigt war, traurige Augen. Ein ehemaliger Setzer, seit wenigen Tagen arbeitslos, eine ganze Welt ist ihm abhanden gekommen. Schaut nach links, nach rechts, in den Rückspiegel, damit ihn ja niemand sieht. Und das in einer Kleinstadt, wo jeder jeden zumindest über ein paar Ecken kennt! Vorm Stiegenaufgang steht eine schwarze Skulptur, eine dürre Gestalt streckt die langen Arme nach etwas aus, das sich immer wieder und auf alle Ewigkeiten zu entziehen scheint. Ihm entzieht sich er selbst; der, der er noch vor wenigen Tagen war, löst sich auf, zerlegt sich in alle Teile, nichts paßt mehr zusammen. Er huscht die Stufen hinauf, in ihm läuft alles langsam ab."

Beer hielt inne, blickte Steiner kurz an und schloß die Augen. Die Antiquarin lehnte sich zurück.

„Sein Leben, ein Trümmerhaufen. Nach dem Aufwachen sehnt er sich nach der Nacht, nach wieder und wieder hinausgeschobenem Aufstehen nach dem Schlaf. Der will nicht mehr so recht kommen. Hat er geschlafen? Oder wieder nicht? So genau kann er das nicht mehr sagen. So genau kann er *nichts* mehr sagen. Die Wahrnehmung spielt ihm Streiche, alles auf den Kopf gestellt, Vorübergehende flüstern einander sicher zu: Dem muß das Blut schon lang in den Kopf rinnen! Er steht zu Hause vorm Fenster: ‚Da geht ein einzelner Mensch. Der ist ja auch allein. Aber der geht ganz unbeschwert, und du fürchtest dich vor dir.' Er schließt alle Fenster und läßt die Rolläden hinunter."

Beer öffnete die Augen, suchte ihren Blick, aber Ursula Steiner drehte sich weg. Sie sah sich in einem Bett liegen und hörte durchs selbstbezichtigende In-sich-Hineinhorchen das Herz so laut pochen, daß sie sterben zu müssen meinte. Und Beer, dieser angenehme, leichtfüßige, witzige Gesprächspartner, dessen Eintreten sie jedesmal erfreute, tat ihr leid. Von nun an mußte sie ihn gegen neues Licht halten. Beer nickte, langsam und monoton, als bestätigte er seine Worte im Nach- und Vorhinein.

„Eine Haube auf dem Kopf, den Kragen aufgeschlagen, nichts wie vorbei am Portier."

„Ein Agent."

„Ist er auch, Agent des eigenen Lebens, das allerdings nur mehr aus Grundbedürfnissen besteht. Aufs Klo gehen, essen, trinken, und alles auch nur, wenn's nicht mehr anders geht. Der Portier, ein Mann im Rollstuhl. Wie fürchterlich das Leben doch ist. Im Parterre eine dieser dunkelgrauen Amtstafeln mit austauschbaren Lettern. Hinter jeder Abteilung, hinter jedem Namen eine Hürde höher als er. Zum Springen ist er zu schwach. Also in den zweiten Stock, Hand auf dem Geländer, zwei Stufen auf einmal das Stiegenhaus hinauf. Da ist die Tür."

Beer klopfte seinen rechten Zeigefinger in leisem Stakkato auf den Tisch. Sein Ringfinger war nackt, die Hand gepflegt.

„‚Josef', sagt er sich", Paul Beer stand auf, ging in Richtung des Regals mit den Biographien, „‚es geht nicht anders. Du mußt dich beruhigen, Peppi, dir kann nichts geschehn. Du bist jung und gesund. Was hat der Doktor vorgestern gesagt? Was Sie hier verloren haben, frag ich mich. Ihren Blutdruck und Ihr Herz dürfen Sie gern mit mir tauschen. Du brichst nicht zusammen, Peppi.' Er klopft an. Zögerlich. War das zu leise? Soll er noch mal? Oder ist das unhöflich? Herein! Bildet er sich das jetzt nur ein, oder klingt die Stimme tatsächlich ungehalten? Hat er doch geklopft? Zu laut? Wie oft hat er denn?"

Paul Beer stand am Fenster und schaute auf die Straße.

„Ein junger Beamter sitzt vor seinem Bildschirm und tippt einfach weiter, Josef rührt sich nicht, irgendwann schaut der Beamte auf. Der ist ja auch nur ein Mensch. Aber bestimmt hat er erkannt, daß Josef einem Zusammenbruch nahe ist. Der sieht ihn schwitzen, und wenn Josef raus ist, wenn er denn raus kommt, ruft der im Krankenhaus an, man möge ihn doch einfangen, man möge diesen Verrückten doch niederspritzen und einweisen. Und vielleicht wäre das gar nicht so schlecht, vielleicht gehört er ja an einen Ort, an den er in seinem gesamten Leben keinen Gedanken verschwendet hat. Andererseits könnte er nie wieder entlassen werden. Als hätte er all das nicht längst beschlossen, fragt der Beamte übertrieben freundlich, wie man freundlich ist zu einem, dem ohnehin nicht zu helfen ist: ‚Was wünschen Sie?' Josef Kelemen, der tagelang einen Satz geübt hat", sagte Paul Beer und sah einem buckligen alten Mann am Gehstock nach, „quetscht aus sich heraus: ‚Eine Namensänderung. Bitte. Vor- und Zuname.'"

ANGEHEITERT SASS FRANZ SCHWARZ IN SEINEM STAMMLOKAL UND RIEF DEN WIRT BEIM NAMEN. „Das kann ich mir lebhaft vorstellen", sagte der dicke Manfred im Holzfällerhemd und lächelte hinter der Zapfsäule, „daß du dich freust mit deinen dreizehntausend Schilling. Ein Monatsgehalt, Mensch, Franz, was will unsereiner mehr?" Er klopfte sich auf die Stirn. „Herrgott, ich Trottel rechne noch immer in Schilling!"

Tausend Euro hatte Franz Schwarz am Tag, nachdem er im weißen Wagen durch die Stadt gefahren worden war, im Wettlokal um die Ecke abgeholt. Strahlend, den Schein zwischen Daumen und Zeigefinger, war er zum Schalter spaziert und hatte mit säuselnder Stimme „Ich glaub, ich hab gewonnen" gesagt. Er hatte den Ausgang von vier Spielen der Weltmeisterschaft erraten, ja prophezeit, wie er sich Manfred gegenüber ausdrückte, der sich nicht ganz so uneigennützig freute, wie er tat. Zum ersten Mal hatte Schwarz mehr gewonnen, als er gesetzt hatte.

Seit anderthalb Jahren studierte er die Tabellen der internationalen Fußballigen, hatte Auf- und Abwärtspfeile im Kopf, kannte den Angstgegner dieser und den Jausengegner jener Mannschaft, wußte, wer im eigenen Stadion kaum bezwingbar, wer auswärts nicht zu unterschätzen und wer immer für Überraschungen gut war. Er wußte, welcher Stürmer verletzt, welcher Tormann in einer Krise und welcher Mittelfeldspieler in Verhandlungen mit einem anderen Verein war, und überlegte, was das fürs nächste Spiel bedeuten könnte. Aber er mußte, wegen der Quoten, auch immer etwas riskieren, aufs Unwahrscheinliche, mehr oder minder Unmögliche setzen. Irgendwann würde er den großen Gewinn machen. Den ganz großen. Es war möglich, wie er sah – den Türken sei Dank. Es mußte möglich sein. Er wollte nicht länger in einem Besserungskurs für Nutzlose sitzen – das interessierte ihn nicht. Er konnte sich nicht mehr vorstellen, wo und was er gern arbeiten würde – dafür war sein Leben zu kurz. Wenn er sich, oder den, der er einmal war, mit Abstand betrachtete, fragte er sich, ob er denn jemals gern gearbeitet habe. Nein, hatte er nicht. Kleinigkeiten, das schon, gewisse Handgriffe, gewisse Abläufe, gewisse Pausen, Biere und Gespräche, gewisse Kollegen, vor allem gewisse Kolleginnen. Aber sonst. Er wollte Geld, und davon viel. Dann konnten ihm alle den Buckel runterrutschen, ganz weit fliegen und weit entfernt landen. Sie konnten sogar sanft landen. Kein Problem. Er würde sich ein Haus kaufen, ein bißchen die Welt ansehen, er würde eine Frau kennenlernen, zweidrei Kinder haben, endlich etwas, wofür er Verantwortung übernehmen konnte.

„Jetzt kannst meine Schulden zusammenrechnen."

„Wird dauern." Manfred lachte.

„Wenn ich von allen Leuten, die mir was schuldig wären, was verlangen würd, wär ich Millionär."

„Wie meinst das?"

„Nur so."

Franz Schwarz grinste. In letzter Zeit gefiel er sich in Andeutungen.

„Und ich? Zitter in Klein-Istanbul wie ein Giftler auf Entzug. Nicht nur, daß ich auf Unentschieden gesetzt hab. Wegen der Quote hab ich noch den Sieg der Türken in der Verlängerung dazugenommen. Gelernt ist gelernt. Du hättst mich sehn sollen, Manfred, du hättest Tränen gelacht!"

„Hätt ich das?"

„Eingezwängt zwischen den Mustafas im überfüllten Auto? Schulter an Schulter? Ganz eng, jeder ein Bier in der Hand, ein einziges Hupen? Von Ottakring nach Penzing, durch Hietzing, nach einem Abstecher in die Mariahilferstraße und einer Ringrunde bis zum Schwedenplatz über den Gürtel zurück? Eine Katastrophe!"

„Bist jetzt Türke?"

„Du, feiern können die. So einen Kopf" – Franz Schwarz schloß mit seinen Armen den größtmöglichen Kreis über sich – „so einen Kopf am nächsten Tag. Aber glaub nicht, daß einer von denen gegangen ist, wie ich nach Haus kriech, damit ich nicht auf der Stelle umfall und einschlaf."

„Bist wirklich kein Burgenlandler mehr."

Manfred trug ein Tablett an einen der Gehsteigtische, die ein grüner Holzzaun von der spärlich befahrenen Straße trennte. „Wenn's läuft", brummte er, drehte sich im Freien, vor seinen Gästen stehend, nach Schwarz um und deutete mit dem Finger auf ein großes gerahmtes Mannschaftsfoto an der Wand im Lokalinneren, „wenn's läuft, dann läuft's." Fritz schickte eine muntere Tonfolge, die er menschlichem Pfeifen abgehört hatte, aus seinem Käfig, gefolgt von einem langgedehnten männlichen „Ciao", warf seinen schwarzen Kopf zurück und begann sich sorgfältig zu putzen. Der Frau und den beiden Männern, denen Manfred Bier und Schnitzel mit Kartoffelsalat auftischte, machte er Schwarzens Streich schmackhaft. „Der war das?" fragte einer der Männer. Der andere deutete auf sein Glas.

Manfred ging ins Lokal zurück, zapfte ein weiteres Bier, stellte es Franz auf den Tisch und drängte ihn, denen am Gehsteigtisch die Geschichte vom Foto zu erzählen. Wie oft er sie bereits gehört hatte, und wie viele Getränke Franz dabei spendiert worden waren, konnte Manfred längst nicht mehr sagen – und viel weniger noch, in wie vielen Varianten. Aber Franz, der ansonsten wortkarg war und den Heldensagen der anderen versunken oder anerkennend lauschte, blühte auf beim Erinnern. Seine Augen wurden groß, die Arme zu riesigen Blättern, die sich zur Sonne zurückwandten. Da sprang er bisweilen von seinem Sessel auf und spielte sich selbst, wie er als Pressefotograf den Polizisten freundlich grüßte, ein paar Worte der Vorfreude mit ihm austauschte, und an ihm, dem Schäferhund und einem pausenlos knackenden Funkgerät vorbei ins Happelstadion verschwand. Hatte er sich in Laune geredet, merkte er an, daß die Viecher wahnsinnig intelligent seien, der Schäfer ihn angeknurrt, will heißen: etwas gespürt habe, da könne ihm keiner was vormachen. Oder er eilte hinter die Bar, schnappte sich Manfreds Fotoapparat, stellte sich in die Lokalmitte und wiederholte, wie er am Spielfeldrand die Stars seines Lieblingsklubs und allen voran einen Afrikaner mit blondiertem Haar abgelichtet hatte. Oder er erhob sich, stellte sich auf seinen Sessel, drückte die Brust raus, verschränkte die Arme hinterm Rücken und begann inbrünstig die Bundeshymne zu singen, obwohl damals niemand die Bundeshymne gesungen oder sich, wie Schwarz, wenn er in Fahrt war, die Rechte ans Herz gehalten und die Linke ums Krügerl gekrallt hatte. Da war er ein anderer, nicht mehr der kauzige Burgenländer mit dem seltsamen Akzent, der, wenn er schon einmal da war und sein Fett gehörig abbekommen hatte, auch akzeptiert wurde.

Manfred wußte viel von Franz Schwarz. Er wußte viel von allen, die regelmäßig zu ihm kamen. Oft war es ihm zu viel, und er fragte sich beim Aufräumen, vor dem Nachhausegehen, derweil er die Sessel verkehrt auf die Tische stellte, wie er dazu kam, mit den leeren Gläsern und vollen Aschenbechern all den Müll abzuservieren, der sich ansammelte in Leben, die nicht so recht vorankamen und immer wieder zurückgeworfen wurden. Gut, er hatte sein Geschäft, von dem er seine Rechnungen begleichen konnte. Laut war es und lustig oft, er lernte das Leben kennen. „Du bist ein Menschenkenner", sagten sie ihm, wenn er gezielt nachfragte. Manchmal stellte er sich ein Leben vor, das diese Menschenkenntnis nicht kannte. Er konnte es sich gut vorstellen. Dann wäre er aber ein anderer gewesen; und das konnte er sich schon wieder weniger gut vorstellen. Deswegen liebte er Franzens Geschichte. Diese eine, die seit Monaten alle anderen zudeckte.

„Siehst du", sagte er stirnrunzelnd, wenn sie alleine waren und die Welt retteten, „so blöd sind wir alle nicht. Da heckst du einen gscheiten Plan aus. Und glaubst, einer traut dir das zu, wenn du vorher davon erzählst? Der redet nicht viel, denk ich die ganze Zeit, der trinkt und lauscht und hält die Schnauze, dabei führst du so was im Schilde. Mensch, Franz, weißt, ich komm immer mehr drauf: So blöd sind wir alle ganz und gar nicht."

DEM FRANZ WURDE ES UNTERDESSEN NICHT ZU BLÖD, und das war gut so. Manfred ließ Kaffee aus der Maschine laufen und steckte sich eine Zigarette an. Er setzte sich an Franzens verlassenen Tisch und horchte hinaus, während er die Zeitung überflog. In einem Lokal vier Straßen weiter hatten sie einen erschossen. Das Blöde an der Geschichte war, daß der Täter nach einem Streit wutentbrannt und stockbesoffen nach Hause gelaufen war, seine Schrotflinte geholt hatte und, als er zurückgekommen war, den Falschen erschossen hatte, weil der, drückte man beide Augen zu, dem Richtigen ein wenig ähnelte. Manfred griff sich an den Kopf. Jetzt waren schon die Mörder zu blöd, den Richtigen zu ermorden. Er wartete nur darauf, daß bei ihm einer durchdrehte. Unter der Theke hatte er zur Abschreckung eine kleine Pistole. Die hatte er einmal seitlich in den Gürtel gesteckt und sich in die Lokalmitte gestellt, weil Franz sich so lange geweigert hatte, seine Geschichte noch einmal zu erzählen, bis Manfred den Polizisten so echt wie möglich spielte.

Draußen war die Verwunderung groß. „Hör auf!" Manfred wußte, wen er auf seinen berühmten anonymen Gast aufmerksam machen mußte. „Das gibt's ja nicht! Wahnsinn! Bist du gelähmt!" Schwarz hatte diesmal mit dem Schnüren der Schuhe begonnen. Wie er mit pochendem Herzen und trotzdem angstlos zuerst den linken und dann den rechten schnürte, vorsichtig die Toilettentür öffnete, nach links lugte und nach rechts, dann auf den Gang huschte und hinter den Spielern Richtung Feld trabte. „So ein Schlitzohr!" Manfred beobachtete seinen Papagei. „Unglaublich!" Fritz hüpfte im Käfig herum, auf und ab, auf und ab. Aber was nützte das? Die Gitterstäbe gaben ja doch nicht nach. Er schien ihn böse anzusehen. Vielleicht hatte sich Manfred in letzter Zeit zu wenig um seinen italienischen Freund gekümmert.

Gelächter, Luftschnappen, Schenkelklopfen. Franz konnte fabelhaft erzählen. Wurde ihm zugehört, steigerte er sich herrlich hinein. Wer ihn nur kannte, wie er sonst war, bekam den Mund vor Staunen nicht mehr zu. Da schritt, nach einem höflichen Gruß in Richtung Franz – diese unaufgeregte Stimme war unverkennbar! –, der Herr Doktor zur Tür herein. „Guten Tag, Herr Manfred", sagte er und lüpfte seinen nichtvorhandenen Hut, „ein kleines Bier bitte." „Grüß Sie, Herr Doktor, ein Seidl, kommt sofort, Herr Doktor." Paul Beer wehrte den Titel mit beiden Händen ab.

Anfangs hatte Beer mit seinen gewundenen Sätzen, keine Silbe verschluckend, in der Mitvergangenheit, was in seiner Abwesenheit gleich gern wie oft nachgeahmt wurde, eine gewisse Beklemmung verbreitet. Manfred kannte seine Leute, und so mancher hatte genickt und ein Wort eingeworfen, wo er ansonsten ein eigenes Beispiel, etwas Selbsterlebtes gebracht hätte. Später dann, als Beers Auftritt seine Ungewöhnlichkeit verloren hatte, hatten die meisten, obwohl dieser schmächtige, fein gekleidete Herr seine Fragen gewöhnlich an Schwarz richtete, ihre Masken wieder abgenommen und lauthals gelacht und gesprochen, wie ihnen der Schnabel gewachsen war. Und der war ihnen nicht zum Zuwachsen gewachsen. Mittlerweile hänselten sie ihn und stichelten, nicht selten wurden diese Hänseleien und Sticheleien bösartig. Und zur Krönung stieß Fritz von Zeit zu Zeit ein „Dottoree" hervor. Geheimniskrämerisch senkte Beer die Stimme: „Ich war am Wochenende im Burgenland."

Im Burgenland unten, wie Beer sich auszudrücken vorgenommen hatte, sagte er dann doch nicht. Paul Beer dachte an seine morgige Einladung und seit zwei Tagen an ein angemessenes Geschenk. Ein Geschenk, das mußte etwas sein, das von einem kam für einen anderen; bloß weder das, was man sich selbst wünschte, noch was man dem anderen wünschte. Überdies einer Antiquarin, die einen oftmals milde belehrte, ein Buch schenken – da war Rück- wie Vorsicht geboten. Auch für ihr, sollte er sagen: Verhältnis?

WIE ES SICH VERHIELT, würde das Essen rechtzeitig fertig. Im Topf auf dem Gasherd köchelten seit einiger Zeit Gemüse und Tafelspitz samt Knochen. Ursula Steiner saß an einem kleinen runden Tisch in ihrer Küche und schälte Champignons zu einem Hörspiel im Radio. „Das Geheimnis von Meditation und Yoga. Der Weg zum Ich beim Champignonschälen." Sie schüttelte lächelnd den Kopf.

Wie Fäden sich verknüpften. Anfangs war ein hagerer Mann in unregelmäßigen Abständen vor ihren Regalen gestanden, daß sie befürchten mußte, sein Genick versteife sich beim Entziffern der Buchrücken. Zeit schien er zu haben, unendlich viel Zeit. Er nahm ein Buch aus einem der hohen Regale, rückte sich einen Holzschemel zurecht und begann zu lesen, während Ursula Steiner hinter ihrem Tisch Bilanzen erstellte oder Figuren beim Wort nahm. Der Mann, der immer öfter kam und immer länger blieb, hielt sein Buch in der auf dem Schenkel ruhenden Hand und blätterte mit der anderen. Bisweilen blickte er auf, starrte das Regal an, strich sich fahrig übers schüttere Haar und murmelte, den Finger der einen Hand als Lesezeichen, das Gesicht in die andere gestützt „Genau! Ganz genau!" und schien seinen Worten nachzusehen, bis er wieder verschwand. Verschwand? fragte sich die Antiquarin, nachdem er jedesmal zumindest ein Buch mitnahm. Langsam ließ sich ein Bild zeichnen, abwägend und sorgfältig die Konturen. Allmählich setzte es Fleisch an.

Und dann, einmal, die Antiquarin hatte gesehen, wonach er gegriffen hatte, als der Mann etwas heftiger „Genau!" murmelte, sagte sie: „Man mag vieles gegen den Menschen einwenden. Aber daß er sich hinsetzt und mit einem Mal im siebzehnten Jahrhundert ist, läßt zumindest hoffen." Er hatte sich umgedreht und mit weit ausgestreckten Armen geantwortet: „Erst der erlösten Menschheit fällt ihr gesamtes Erbe zu." Als er einige Tage später wieder eintrat, ließ sie ihn erst gar nicht an die Regale. „Trotzdem rettet uns kein höh'res Wesen, kein Gott, kein Kaiser und erst recht kein Generalsekretär." Beer hatte sich an den Kopf griffen, bevor er die Arme erhob. „Sagen wir: Erst der sich erlösenden."

„Darunter würde ich meinen Namen setzen."

Sie sitzend, er stehend, sie lachten, draußen war es kalt, es schneite. Und er schien etwas ungeschickt.

„Der übrigens Steiner ist, Ursula."

„Ich bin Paul Beer", sagte er und wollte schon in den Literaturbezirk.

„Bin oder heiße?"

„Bin, ich bin Paul Beer." Er wandte sich ihr zu und führte den Zeigefinger an den Mund. „Meine Eltern haben mich nach jenem Bekehrten benannt. Manchmal suche ich den Weg zurück zum Saulus."

„Sie wollen ein Verfolger sein?"

„Ich will nur nicht all die Zeit vor der Bekehrung wettmachen müssen. Diese Überkompensation, schrecklich."

„Wer hat aus den Wolken gerufen?"

„Marx? Der Kommunismus?"

„Sie ließen sich rufen?"

„Ich war drei Tage blind, dann fiel es mir wie Schuppen von den Augen."

„Was?"

„Daß ich nur einmal lebe."

„Wer ließ Sie von der Stadtmauer?"

„Ich weiß nicht, ob ich schon unten bin."

Es war das erste und letzte Mal, daß Paul Beer der Antiquarin, nicht versteckt hinter Vermutungen oder Zitaten, von seiner Geschichte erzählte. Was in der Ordnung war, wie sie dachte, oder gegen sie, in einer verkehrten Zeit. Einst hatten sie geschrien, gerade das Private sei das Öffentliche. Heute, da die Kaufgewohnheiten mit dem vernetzt wurden, was die Festplatten über eine gespeichert hatten, galt es zumindest ein kleines Eigenes vor der schamlosen Aufmerksamkeit zu retten, die einmal Dienst am Kunden, ein andermal größtmögliche Sicherheit verhieß. Es war grotesk. Vor anderthalb Wochen hatte die Antiquarin zwei Neuerscheinungen über den größten Anbieter im Netz bestellt, der kein Porto extra verrechnete. Die Bücher kamen rasch, unversehrt, vom Konto wurde nicht mehr genommen als abgemacht. Als sie die Seite wieder besuchte, wurde sie herzlich begrüßt. „Guten Tag, Ursula Steiner (wenn Sie nicht Ursula Steiner sind, klicken Sie hier), hier geht es zu Ihrem persönlichen Angebot." Zuoberst hatte man ihr –Lenin angeboten.

Lange annähernde Gespräche mit Paul Beer folgten. Über Schreibende und ihre Bücher; über Gedankengebäude und wie es sich heute darin leben lasse; über die Passage, in deren Dunkel man lebe; über Menschliches und wieviel davon unveränderlich sei. Bis Ursula Steiner mit den Sätzen begann. Von da an wurde es spannend. Von gleich zu gleich sprechen hieß, den anderen kritisieren; andernfalls sie auf zwei Sesseln nebeneinander die Hände im Genick verschränken, die Füße auf den Tisch legen und einander zunickend schweigen könnten. Zwar wäre das wunderbar, Ekstase des Schweigens, wo der Blick allein sich orientiert, die aufgeblätterten Seiten des anderen, in denen zu lesen gleich einfach wie abwechslungsreich ist. Allein die Zeiten, die waren nicht so. Vielleicht war auch sie nicht so. Über diese aber sprach sie oft und gerne mit Beer.

Und doch schien ihr, als ob er durch seine Einfühlung hindurch, die sie schätzte und derentwegen sie sich gern mit ihm unterhielt, das Erfühlte zu wenig gegen das Licht hielt. Er verstand. Er erklärte, und er verstand. Da war etwas Wegwerfendes in diesem Verstehen, ein Vonobenherab, das den Elefanten in der Ebene als Maus erscheinen ließ. Über der Sache zu stehen hieß ja nichts anderes, als nicht in ihr zu sein. Alles verstehen, und diesen Satz unterschrieb sie ebenfalls, hieß alles entschuldigen. Und jetzt, als sie das Radio abdrehte, weil schlechte Musik ein mäßiges

Hörspiel ablöste, legte sie die köstlichen Pilzköpfe auf einen Teller, von dem jener hagere, auf dem Holzschemel vor den Regalen in Büchern blätternde Mann einen nach dem anderen auf seinen eigenen laden würde. „Ausgezeichnet", würde er sagen.

Sie waren ausgezeichnet, die Pilzköpfe. Und wenn das Fleisch zu Wort würde, und das Wort unter den Menschen lebte – die Verhältnisse würden umgeworfen. Wenn nicht die Bombe fiel.

„VIELLEICHT", sagte Paul Beer, als er beschwingt in den Vorraum einer Altbauwohnung in Wien-Neubau trat und, an seinem Kragen nestelnd, ein in Packpapier gewickeltes Buch aus seiner Tasche nahm, „vielleicht kann man auch einer Antiquarin ein Geschenk machen."

Ursula Steiner und Paul Beer standen einander etwas verlegen gegenüber. Gekleidet, wie man es voneinander gewohnt war. Doch hatte ihr langes schwarzes Haar mit seinen grauen Strähnen ein paar Bürstenstriche mehr erfahren. Sein Gesicht war um eine Spur glatter, es duftete schon im Vorraum, das weiße Hemd steckte etwas sorgfältiger in der beigen Hose. Gleichzeitig streckten sie ihre Rechten aus und reichten einander erstmals die Hände. Lächelnd übergab Beer der Antiquarin sein Päckchen, gleichzeitig wollte er die Schuhe abstreifen, was untersagt wurde, und Steiner bat ihn weiterzukommen.

Das Wohnzimmer ähnelte seinen Vorstellungen. Tagelang hatte er sich auszumalen versucht, wie die Antiquarin lebe. Sich vorzustellen, wie andere lebten, was hinter diesen Mauern, hinter jenen Türen geschehen mochte, war eine seiner Lieblingsbeschäftigungen. Ein hoher Raum, mattweiß gestrichen; die gesamte linke Wand, mit Ausnahme einer Tür, die offen stand und in die Küche führte, war von Regalen eingenommen, auf denen Bilder vor manchen Büchern ihre Verfasserinnen und Verfasser verrieten; eine schön gearbeitete Holzstiege auf Rädern ließ sie zu den oberen Reihen gelangen; an die gegenüberliegende Wand, die mit Bildern behangen war, war ein gedeckter Holztisch gerückt; drei große Fenster an der hinteren Wand gingen auf die Straße, vor ihnen, gruppiert um einen runden Glastisch, wartete eine abgewetzte dunkelbraune Ledergarnitur; in einer Ecke erspähte Beer eine Stereoanlage; in einer anderen einen geflochtenen Korb, in dem Zeitschriften aufbewahrt wurden.

Paul Beer ging schnurstracks an die Fenster, blickte hinaus, lobte die Stukkaturen am Haus gegenüber, die Helle des Zimmers, die ruhige Lage, drehte sich um und blieb vor einem Bild stehen, das die Antiquarin vor Jahren einer unbekannten Malerin abgekauft hatte. Auf dem Nachhauseweg war sie zufällig in eine Vernissage geraten, von dem Bild angezogen worden, sie hatte es haben müssen. Zwei schrecklich lachende, naiv gezeichnete blasse Mädchen mit bunten Schleifen im Haar sprangen auf einer weißen Puppe herum, deren Hände ebenso ausgerissen waren wie ihre Beine. Im Hintergrund strich, einen angebissenen Arm im Maul, dunkelblau glitzernd ein Fuchs um einen Hühnerstall.

„Was sieht der Kunstkritiker?"

„Den Eimer, den man in der Kindheit übergestülpt bekommt, und dessen Inhalt einem ein Leben lang herunterrinnt."

„Sie sprechen aus eigener Erfahrung?"

„Nein, ich war ein glücklicher Paul."

„Ich glaube Ihnen kein Wort."
„Sollten Sie aber."
„Den Rest dürfen Sie nachher besichtigen. Ich bin hungrig."

Paul Beer nahm Platz und sah sich entzückt um. Er pries noch einmal die Wohnung, die Einrichtung, die Farben, das Rundherum und kam aus dem Loben gar nicht mehr heraus.

„Riecht vorzüglich."
„Nicht ausgezeichnet?"

Die Antiquarin grinste bedeutungsvoll, als müßte er wissen, was sie damit meinte.

„Auch, auf jeden Fall."

Vielleicht war das richtig, vielleicht falsch.

„Einen Moment."

Die Antiquarin verschwand durch die geöffnete Seitentür, und Beer dachte an jenen vorgestellten und erzählten Tisch, an dem Marianne und Josef Kelemen mit ihren Nachbarn gesessen waren. Diese Geschichte mußte er ihr weiterspinnen. Vor dem Tisch aber sollten Franz Schwarz und das Bild des bewunderten Tormanns in der Zeitung erste Zusammenhänge erhellen: Paul Beers Beweis.

„DAS IST DER BEWEIS", Paul Beer lachte, als er die zweite Flasche entkorkte und Ursula Steiners Glas füllte, „daß unser Rotwein den Franzosen, die uns, das arme, kleine, verächtliche Österreich, so garstig behandelt haben, allemal das Wasser reichen kann. Vielleicht sogar zum Aufspritzen."

Die Antiquarin fuhr sich durchs Haar. Ihr Essen war besser gewesen als das Gespräch, das gequält begonnen hatte. Hier ein Satz über ein Buch, da ein Wort zu den Ungeheuerlichkeiten, die in den Zeitungen standen, das seine Anstrengung um eine Pointe nicht verhehlen konnte. Ihr gemeinsames Lächeln war gequält und verbindlich, der Scherz hölzern, das Rundherum fadenscheinig gewesen. Vielleicht war es die ungewohnte Umgebung, vielleicht das Einschmelzen einer Distanz; vielleicht beides zusammen, und daß beide es spürten.

Auf dem Tisch lag ihr Geschenk. Er trenne sich entsetzlich schwer davon, hatte Beer gemeint und die Hand zum Schwur erhoben, während Ursula Steiner die Erstausgabe von Hans Mayers *Außenseiter* aus dem Packpapier schälte. „Werde ich halt mit dem Taschenbuch die Lücke schließen müssen." „Immer das gleiche Foto", hatte sie gesagt, „der klassische Egghead, die Hornbrille, der Krawattenknoten, eine durch und durch korrekte Erscheinung. Dabei hat er Champagner und Erdbeeren in Sahne geliebt. Wenn Sie wollen, treibe ich das Verschenkte für Sie auf. Könnte allerdings teuer werden."

Sie hatte das Buch kurz nach Erscheinen mit Begeisterung gelesen, vor über zwanzig Jahren, nachdem Mayer sie bei einem Vortrag im Neuen Institutsgebäude für sich gewonnen hatte. Damals sprach ein schon älterer Herr, der zwei Weltkriege überlebt hatte und aus einer ganz anderen Zeit zu kommen schien *Vom Elend der Germanistik*, druckreif, ohne Skript, mit einer Anteilnahme und inneren Verstricktheit, die sie bis dahin und auch später kaum erlebt hatte. Und sie? Sie studierte Germanistik und fand es elend, während sie mit ihren Genossen über die schwere Zeit sprach, von der ihre Eltern, außer daß sie schwer gewesen sei und nicht mehr kommen solle, nichts erzählten. Da stand einer, der, wäre es nach der schweren Zeit gegangen, auch nicht mehr hätte da sein sollen. Der drei Mal nicht hätte dasein sollen. Jude. Marxist. Schwul. Der Jackpot im zwanzigsten Jahrhundert. In der anschließenden Diskussion erzählte er von Gesprächen mit Brecht, worüber man sich hier und dort unterhalten habe. Einer, der mit Brecht geplaudert hatte. Der von Carl Schmitt geprüft worden war. Der bei Hans Kelsen studiert hatte. Der mit Adorno und Horkheimer Briefe ausgetauscht hatte. Der Lukács besucht hatte. Der Charlie Chaplin einen Leninorden überreicht hatte. Der abends mit Blochs zusammensaß. Der für Thomas Mann einen Nerzmantel über die Grenze geschmuggelt hatte. Dessen Eltern die schwere Zeit nicht überlebt hatten. Den auch die Deutsche Demokratische Republik, zu der sie damals in kritischer Solidarität standen, letztlich vertrieben hatte. Sie freute sich über das Buch und das Wiederlesen, das ihr Rückschlüsse auf sich selbst erlauben würde. In den Schutzumschlag hatte Beer, anstelle einer richtigen Widmung, wie er sagte – „Alles Liebe, Paul Beer" hatte er übers Datum gesetzt –, zusammengeheftete Kopien gelegt. Es war der Text eines Vortrags. *Wir Außenseiter*.

„Sie können auch einer Antiquarin ein Geschenk machen." Leise hatte sie hinzugefügt: „Wir."

An den geöffneten Fenstern rüttelte ein Wind, der Gewitter verhieß. Steiner erhob ihr Glas und prostete Beer zu.

„Aufs Mineralwasser, mit dem wir Wein und Sirup spritzen werden, wenn das aus der Leitung den Multis gehört!"

„Sie spritzen Wein mit Leitungswasser?"

„Es kommt ja auf den Punkt an, nicht auf die Stimmigkeit."

„Wie ist das also mit dem Eimer?"

„Stachel. Wir ziehen uns in der Kindheit Stachel zu, die wir erst im Rückspiegel erkennen. Wir ziehen sie uns ein Leben lang aus dem Fleisch. Wir halten sie gegens Licht, drehen sie, wenden sie, und setzten sie, wie's scheint, geputzt wieder ein."

Sie trank einen Schluck Wein, ihre Hände zitterten leicht, Beer hätte ihr am liebsten über die Handrücken gestrichen. Wie der Priester in dem kleinen Dorf, in das sie jeden Sommer verschickt wurde, sie sonntags nach der Messe vor ihren Bekannten nach ihrer letzten Beichte fragte, erzählte sie, wobei sie ohnehin nie wußte, was beichten. Zwei Tage später war sie in den Pfarrhof bestellt. Der Priester sperrte die Tür hinter ihr ab und führte sie in sein Zimmer.

„,Komm her.' Er sitzt auf dem Stuhl, klopft auf seine Schenkel. ,Fließt schon was? Fließt es schon?' Ich war dreizehn."

Und als sie auf seinem Schoß saß und es ihr bang wurde, sprang sie in nie dagewesenem Mut auf und drohte, so laut zu schreien, zu brüllen, zu kreischen, daß alle sie hörten. Wortlos sperrte er auf. Sie schwieg fünf Sommer lang. Die Antiquarin stützte den Kopf in ihre Hände und lehnte sich nach vorn.

„Aber das Zimmer vergesse ich nicht. Das eingefallene Gesicht. Die verdunkelten Fenster. Die goldene Zahnkrone. Alles noch da. Fünf Jahre später haben sie ihn stillschweigend versetzt. Eine ähnliche Geschichte, also noch schlimmer. Und die Verwandten, die mir kein Wort geglaubt, zumindest keines hätten glauben wollen? Ich hätte doch früher was sagen sollen. Warum denn immer so verschlossen."

Paul Beer blieb still in seinen Fauteuil gelehnt. Was hieß es, wenn ein Satz wahr war?

„Beneidenswert, wem keine Religion im Fleisch steckt."

„Mag sein." Er wiegte den Kopf. „Aber sie fräst auch Bahnen ins Gehirn, erschließt glänzende Vorstellungswelten und Erwartungsräume, die nicht von dieser Welt sind."

„Die in dieser Welt sind."

„Vielleicht angelegt, aber nicht verwirklicht. Und vielleicht gar nicht zu verwirklichen."

„Daß wir nie im Heute leben können, wäre also ein Vorteil?"

„Wir müssen heute schon leben, als wären wir in dieser anderen Welt. So gut es geht versuchen, so zu leben, als lebte man schon im Himmel, im Paradies, im Kommunismus, nennen Sie's, wie Sie wollen. Einfacher wäre es, wie alle zu sein, natürlich. Aber die gibt's nicht, alle. Josef Schwarz, von dem ich Ihnen erzählen will, war so ein Jedermann. Und plötzlich, alle Fragen da, die Räume öffnen sich auch bei ihm. Warum soll ich meine Zeit verkaufen? Warum mit jedem Luftzug mitgedreht werden, um das Ruder eines Schiffes herumzureißen, das ohnehin nicht mehr steuerbar ist? Warum an den Rädern drehen, die mich mitdrehen? Heute schon leben, als hätte das Ereignis längst stattgefunden, dem wir uns entgegensehnen. Das alles umdrehen wird. Paulus, mein Namensvetter, vor zweitausend Jahren. Der Messias war schon da, warten wir nicht mehr, ich verkünde ihn euch, verkünde euch das, woran ihr glaubt, ohne es zu kennen. Vergeßt alle Streitigkeiten, Jude, Römer, Grieche, Heide, scheißegal, baut eine neue Gemeinschaft, lebt in eurer eigenen Welt, tut mit, wo's sein muß, aber laßt euch nicht von den anderen die Regeln diktieren."

„Sie sind ein Theologe."

„Aber ohne Theologie." Beer lächelte, als wüßte er etwas, das nur er wußte.

„Was denken Sie?"

„Daß man nie weiß, was ein anderer denkt."

„Manchmal schon."

„Meinen Sie?"

„In der Liebe."

„Und wenn die weg ist? Weiß man dann noch, was der andere denkt? Was er gedacht hat? Da ist eine Mauer, vom einen auf den anderen Moment, und der andere ist zu, geschlossen, chiuso, locked, wie immer Sie wollen. Die Namen, die man den Dingen in der Liebe gibt, die sagen, daß sie anders sind – weg, unbrauchbar, unverständlich geworden. Denkt der, der sie einmal geteilt hat, sie immer noch? Vorstellen kann man sich's, sich etwas vor sich stellen, kleine Menschenfiguren mit Gehirnen, die man doch nur mit dem eigenen füllt. Was ist geschehen?"

„Ich war ein kleines Mädchen, habe allen vertraut, und dann komme ich in diesen Raum, und da sitzt dieser eine Pfarrer. Das ist geschehen. Was er gedacht hat, interessiert mich nicht."

„Sie erinnern sich, an vieles erinnern Sie sich nicht, aber daran. Das hat sich eingebrannt, eingeprägt, sich in Sie geprägt. Sie können's bezeugen. Das und das ist geschehen. Man kann es überprüfen. Aber wir haben nur Worte dafür. Man kann die Orte aufsuchen, die damit beschrieben werden – *die* Orte, die man aufsuchen kann. Darum die Wortreiterei. Darum die Geschichte."

„Mit Bildern, die alle verstehen, nicht mit Worten hätte ich es beweisen können."

„Das laufende Bild. Da können wir sehen, was geschehen ist. Aber das meiste von dem, was geschieht, finden wir nicht in diesen Bildern, die uns längst auf eine andere Reise geschickt haben, von der wir nicht einmal ahnen, wohin sie führt. Was ist in Griechenland geschehen, was in Rom, was in der Renaissance? Wir haben heute alles vor uns, jedes Detail wollen wir rekonstruieren, jede Seite, die's noch irgendwo gibt, aufblättern, alle Scherben uralter Vasen zusammensetzen. In uns selbst haben wir geschaut, wir können sehen, wie wir funktionieren, was für ein Tier das ist, das sprechen und morden kann wie kein anderes. Während wir uns mit all dem, was uns gescheiter, aber nicht klüger macht, beschäftigen, müßten wir längst sagen: Gut, aber jetzt? Die Geschichte liegt vor uns, wir vernetzen die verschiedensten Geschichten, wir wissen, wer wo was getan hat. Der Rest ist Interpretation. Wir basteln Erzählungen daraus, um dem Geschehenen Sinn zu geben. Aber lernen. Was können wir lernen daraus? Gesetzmäßigkeiten ableiten, wie wir einmal wollten? Da ist kein Gesetz. Bremsen müssen wir ziehen, Notbremsen, wir leben nach der großen Katastrophe. Dagegen war die Sintflut eine Kleinigkeit. Wir haben keinen Auftrag, weder von der Geschichte noch von der Natur, und während wir auf unsre Geschichte starren, vergessen wir zu fragen: Wie miteinander leben? Wie ist das mit der Gerechtigkeit? Warum träumen wir vom Frieden? Was heißt das eigentlich, Freiheit? Die Alten waren nicht dumm. Nur das fünfte Gebot, die größte Utopie von allen. Jetzt haben wir uns auseinandergenommen, auch so ein Auftrag aus dem Zeitalter des unaufhaltbaren Fortschritts, aber schon am Anfang stand der Baum des Lebens neben dem der Erkenntnis im Paradies. Von dem haben wir genascht, unsre Unschuld verloren. Wir *mußten* sie verlieren. Nur so, nackt und stumpf ein Leben lang herumgehen, essen, sich paaren, sterben, das wäre ja auch nichts. Also sind wir raus aus der Natur, aus dem bloßen Leben, haben gemordet, gemeuchelt, geliebt, geforscht – und immer wieder Götter geschaffen, die uns in eine andere Richtung rufen sollten. Den Baum der Erkenntnis haben wir zerlegt, jedes Partikel, jedes Säftchen, jeden Jahresring untersucht. Genauso machen wir's jetzt mit dem Baum des Lebens. Wir wissen, wie es läuft, wie es sich zusammensetzt, wie es verlängert und gesund gehalten werden kann. Und während wir auf und durch und in uns starren, vergessen wir den ältesten Wunsch: Du sollst nicht töten. Sollen. Wenn es nicht mehr notwendig ist, soll man's nicht mehr tun. Aber daß es nicht mehr nötig ist, das ist die Aufgabe."

„Also doch ein Auftrag?"

„Der älteste, wenn Sie so wollen, vermischt mit dem jüngstvergangenen, die Massenvernichtung zu hintertreiben. Die nicht vergessen, die sterben mußten, weil sie so und so waren. Ihre Hoffnungen auf ein freies Leben nicht vergessen. Das ist das Leben nach dem Tod. Das sind die Stränge, die uns verbinden. Dann war das Leben, wie schrecklich es auch enden mochte, nicht umsonst."

Die Antiquarin nickte. Während all der Zeit, die Beer gesprochen hatte, hatte sie nicht so sehr auf seine Worte als auf ihn selbst geachtet. So hatte sie ihn noch nicht erlebt. Irgend etwas schien ihn mitzunehmen und fortzutragen.

„Ja." Sie nickte. „So kann man's auch sehen. Aber wo stecken Ihre Stachel?"

„Rucksack. Wir bekommen einen Rucksack umgehängt, den wir ein Leben lang mit uns herumtragen."

„Was ist ganz oben?"

Paul Beer kramte unwillig nach Schlägen, die das kleine Paulibärli von Klassenkameraden und Feinden aus dem Viertel einstecken mußte, nach Hänseleien seiner filigranen Statur wegen, nach Einschüchterungen und Gemeinheiten.

„Einmal haben mich meine Verfolger – ich weiß nicht, warum sie mich verfolgten, ich hätte ihnen, ungefährlich wie ich war, doch egal sein können – im Park gezwungen, einen Unbekannten, irgendwen, im Käfig nebenan zu schlagen, andernfalls ich verprügelt würde. Ich hab es getan. Zu meinem Erstaunen hab ich es überaus erfolgreich getan. Als ich zurückkehrte, klopften sie mir auf die Schulter, nicht zu sanft freilich. ‚Paulibärli, so ist's brav, wird die Mama a rechte Freud ham mit dir.' Zu Hause hab ich geheult aus Furcht, ich hätte den Jungen verletzt. Ich sah ihn mit einer Gehirnerschütterung im Krankenhaus, bleibende Schäden, Blutgerinnsel, was weiß ich – er tat mir wahnsinnig leid. Und mehr noch heulte ich aus Ekel vor der Raserei, in der ich wollüstig auf ihn eingedroschen hatte."

Ursula Steiner empörte sich über die Geschichte, als käme Beer gerade eben vom Park. Und sie wunderte sich über ihn – denen glaubte sie nicht, die ihren Inhalt abgeklärt ausbreiteten, Fassung letzter Hand.

„Entschuldigen Sie mich kurz."

Auf der Toilette blieb sie länger mit ihren Gedanken sitzen. Vielleicht mußten Männer so sein, auch wenn sie vorgaben und beteuerten, keine zu sein. Prügel einstecken, Entbehrungen in Kauf nehmen, aber nachher sagen, es habe sie ja doch nicht umgebracht, halb so schlimm, und über alldem ein genüßliches Grinsen.

Als sie mit einer Wasserkaraffe und Gläsern zurückkehrte, erzählte Paul Beer bitter von einem gescheiterten Habilitationsversuch, dem unsäglichen Gehalt eines Universitätslektors, der Grobschlächtigkeit aller unmöglichen Redakteure und Herausgeber, die nur drucken ließen, was Rang und Namen hatte, wobei der Rang den Namen machte; und vom Abschied von den Eltern, die innerhalb eines Jahres verstorben waren. Beers Augen schimmerten. Als seine Schwester und er nach dem Tod der Mutter beisammensaßen, die dem Vater nachgestorben war, fragte sie ihn, ob er denn überhaupt wisse, was das jetzt bedeute. Die Antwort gab sie selbst. „Paul, wir sind keine Kinder mehr." Das Erbe hatte er gut angelegt, den Zufluchtsort der Eltern in der Wachau verkauft, die Josefstädter Wohnung war ihm von der Schwester, die schon lange in Stockholm lebte, überlassen worden, nachdem er sie ausbezahlt hatte. Mit seinem Anteil ließ es sich leben. Er gab Privatunterricht, Deutsch als Fremdsprache, Philosophie für Pensionierte und aufgeschlossene Karrieristen, was demütigend bis unterhaltsam war, und las einschlägige Diplomarbeiten Korrektur.

„Sehen Sie jetzt, warum ich die Erinnerungen der Bürgersöhne, die zu Klassenverrätern wurden, verschlinge? Über ein halbes Jahrhundert später geboren und dennoch dieselben Kämpfe geführt, das verbindet und tröstet bisweilen. Heute", sagte Beer und schwenkte sein Weinglas unter der Nase, „sterben sogar die Bürger aus. Ich hätte mir nicht träumen lassen, das einmal als Skandal zu empfinden. Wir erleben das Ende des Bürgertums, gehen Sie nur einmal ins Burgtheater, und unser markhaft Ungetüm aus Trier –"

„Als wenn ihn bei dem Schopf", setzte die Antiquarin das Gedicht von Engels auf Marx fort, nicht ohne kurz an die im Seminar von damals zu denken, die in ihrer Allwissenheit halblaut Zitate fortgesetzt hatten, „zehntausend Teufel faßten."

„Mein Gott." Beer schüttelte den Kopf. „Was für ein Gedicht. Jedenfalls würden sich Dichter wie Bedichteter wundern, wie der Kapitalismus ohne Bürger weiterwest."

„Hören Sie bloß damit auf." Die Antiquarin stemmte die Hände in die Hüften, mit einem Mal war sie müde geworden, der Wein, die Schwüle, und sie stieß eine Tür auf, durch die Beer freudig stürmen würde. „Diese Kategorien sind längst überholt, wie unsre Vordenker versichern, damit wir nicht nachdenken."

Und tatsächlich ereiferte sich Beer nahtlos über einstige Kollegen und Mitstudentinnen, über Kader und Kapazunder der Linken, die eine Arbeiterrevolution, eine ganz neue Welt und nichts unter völlig beglückenden Verhältnissen gepredigt hatten.

„Wenn ich mich bedrückt fühle, nehme ich eine ihrer Schriften von damals und lege mich damit ins Bett. Das wirkt Wunder, glauben Sie mir!"

Professoren waren sie heute, Journalistinnen, Spezialdemokraten, nur noch das Mögliche hatten sie ihm Auge, das Notwendige, das Unumgängliche.

„Diesmal mußte sich der Gedanke zur Realität drängen. Mit dem Fall der Mauer war alles klar."

Beer freute sich diebisch, als die Antiquarin die Namen nannte, die er gemeint hatte, und nachzuweisen versuchte, wie aus der Macht, die jene einst bekämpft und überall gesehen hatten, das Schreckgespenst der politischen Korrektheit getreten war, eine großangelegte Verschwörung des Zeitgeistes, gegen dessen Stachel zu löcken eine ehrenvolle Sache sei, und dennoch nichts anderes als die restlose Liquidierung der eigenen Vergangenheit. Er war nicht ihrer Meinung, aber er sagte nichts.

„Aber die Geschichte meinen sie immer noch schon wieder in ihrem Rücken. Daran hat sich nichts geändert."

„Sie haben sie im Rücken." Beer grinste. „In jeder Bedeutung."

Bis der Zeiger über der Eingangstür weit über Mitternacht war, hatten sie beide Flaschen geleert und Leben nebeneinander ausgebreitet. Die Antiquarin fühlte sich müde. Der Kopf war schwer, der Tag lang gewesen. Sie mußte ins Bett. Beer stand auf und stieß am Tisch an.

„Hoppla."

Sie hörte ihn abermals von jenem Franz Schwarz sprechen, dessentwegen er ins Burgenland gefahren war und dessen Geschichte er ihr gerne weiterspinnen würde. Er lud sie fürs Wochenende zu sich. Sie brachte ihn zur Tür.

„Auf Wiedersehen."

„Auf Wiedersehen. War ein schöner Abend."

Ohne die Zähne zu putzen, kroch sie ins Bett, derweil Paul Beer ungeahnte Kräfte spürte und das Taxi Taxi sein ließ. Zu Fuß ging er, halblaut vor sich hinsprechend, zu seiner Wohnung in die Josefstadt. Immer wieder spuckte er aus. „Eine Stunde durch Wien gehen", murmelte er, die Tür fiel hinter ihm ins Schloß, „vor jedem Hakenkreuz ausspucken, und ein Mund ist trocken." Er schlief sofort ein.

FRANZ SCHWARZ ERWACHTE NACH DEM UMSCHULUNGSKURS, den er wie eine Tortur über sich hatte ergehen lassen. Vorne setzte die Leiterin fort, wo er in der Einheit zuvor schon hinterhergehinkt war, und jeder neue Schritt war mit der Qual verbunden, sich als Idiot zu entpuppen oder endgültig den Anschluß an den einzigen Zug zu verpassen, der aus dem Geradenoch-über-die-Runden-Kommen Richtung Runden-Schmeißen fuhr. Nur jedesmal, wenn er den Raum verließ, verließ er mit ihm auch diese Gedanken.

Die Luft flimmerte, der Asphalt dampfte, in den Ästen der Kastanien teilten Vögel einander was auch immer mit, während geselligere Kursteilnehmer in Grüppchen um die nächste Ecke bogen. Das grelle Gegenlicht versetzte Schwarz in die Sommer seiner Kindheit, beschien den Helenenteich am Stadtrand, in den er, wann immer das Wetter es zugelassen hatte, mit einem grellen Schrei gesprungen war. Mitunter war es ihm vorgekommen, als wären mehr Menschen als Wasser in ihm. Er sah sich eintauchen, hörte das Stimmen- und Rufwirrwarr ringsum und erinnerte sich an erste Zuneigungen, die sich in unter Wasser getauchten Mädchenköpfen ausdrückten. Wenn sich die Jahreszeit umkehrte, zwängten sie die Füße in lederne Eislaufschuhe, rutschten über den zugefrorenen Teich und dachten gar nicht daran, daß man in ihm auch schwimmen konnte. Es schien ihm, jetzt, da er sich anders sah, als wäre er dreißig Jahre lang Kind gewesen. Alles war selbstverständlich gewesen, hatte seinen Lauf genommen, er hatte nie gedacht, daß ihm mehr als ein besonders schlimmer Rausch passieren könnte. Auf einmal nahm er seine Träume ernst, fragte sich nach dem Aufwachen, was sie ihm sagen wollten. Entweder hatte er früher nicht geträumt oder nicht darauf geachtet. Nur einmal hatte er Albert, seinem besten Freund damals, von dem er heute nichts wußte und nichts wissen wollte, von einem Traum erzählt. Er war auf einem riesigen Gummiball durch ein Zimmer gehopst, mit jedem Aufprall auf dem Boden schnellte er noch höher hinauf, kreuz und quer durch den Raum, prallte wie ein Pingpongball von Mauer zu Mauer, schlug sich den Kopf an der Decke an, was überhaupt nicht schmerzte, unten, ganz klein und weit entfernt, mittlerweile war er ein über einer Wiese kreisender Vogel, schüttelten seine Mutter und Marianne drohend die Zeigefinger. „Du bist wirklich verrückt", hatte Albert gesagt, „so was kann auch nur dir kommen." Dann hatte er gelacht, den Kopf geschüttelt und das Thema gewechselt.

Er träumte noch immer von Marianne. Regelmäßig brach sie in seine neue Welt und stellte ihm Fragen. Ob er eine Neue habe? Gute Frage. Wie sollte er eine andere Frau kennenlernen, wenn sie ihm ständig über die Schulter blickte? Dabei hatte er Frauen immer lieber gehabt als Männer. Die er kannte, durften über vieles nicht sprechen, worüber er gern gesprochen hätte. So gesehen war Beer kein Mann – mit ihm konnte er über sein Leben sprechen. Schwul hätten ihn seine Freund genannt, Albert hatte überhaupt zu allem schwul gesagt, was ihm mißfallen, was er nicht für männlich gehalten hatte. Lächerlich. Dachte er heute. Damals hätte auch er Beer einen Schwulen genannt und mit den anderen über ihn gelacht. Mit einem Mal verspürte er das Bedürfnis, Menschen um sich zu haben. Er war nie lange alleine gewesen. Dazu war er nicht auf der Welt. Die Wesen aus dem Kurs waren, zumindest während des Kurses, etwas anderes. Tiere, die ums Futter kämpfen. Damit sie schön fett werden, um desto besser geschlachtet werden zu können. Scheiß auf den Kurs, Franz.

Er wechselte auf die schattige Straßenseite, steckte die Hände in die Hintertaschen seiner Jeans und drückte das Kreuz durch. Es gab Orte, die er mied, und das waren Orte, die mit schrecklichen Erinnerungen verbunden waren – wie alle Orte, an denen er

Josef Kelemen war. Das Lokal an der Ecke hingegen erweckte ein angenehmes Gefühl. Franz Schwarz trat ein, um ein Bier zu trinken.

Die im Kurs konnten ihm gestohlen bleiben, irgendwie würde er sich schon durch dieses Dickicht schlagen. Die Frage war nur, wo und wie er herauskommen würde. Franz Schwarz setzte sich an die Bar und sah sich weiter vorn mit den Türken Ringelreih tanzen. Ein Fest war das gewesen, ein Rausch, eine Leichtigkeit. Eine Ahnung von früher. Nun war das Lokal fast leer, wie ausgestorben. Vielleicht waren alle gesund geworden. Plötzlich. Jetzt, da niemand bangte, den Atem anhielt, verteufelte oder anfeuerte, war es eine trostlose Spelunke unter vielen. Durchs Fenster fiel Licht auf klebrige Tischplatten, ein paar Sessel standen noch so, wie sie wer weiß wann verlassen worden waren, selbst die Sängerinnen an den Wänden sahen nur noch halb so verführerisch aus wie vor ein paar Tagen.

Schwarz kam mit einem kettenrauchenden Mann ins Gespräch, der ein paar Schritte weiter allein vor einem Tee saß. Den hatte er beim Glücksspiel gesehen, vielleicht sogar mit ihm getanzt. Wer konnte das noch sagen. Er prophezeite ihm, jener Sieg sei leider zugleich der letzte dieses Turniers gewesen. Der Mann widersprach lebhaft, ließ den Löffel, mit dem er seinen Tee rührte, ins Glas zurückfallen und schob es beiseite. Wie er auf solch einen Schwachsinn komme, wo er doch selbst gesehen habe, mit eigenen Augen, was türkischer Fußball und daß der nächste Sieg so gut wie ausgemacht sei. Schwarz atmete tief durch, blickte ihn mit hochgezogenen Augenbrauen an und schüttelte den Kopf. Von Fußball hatte der wenig oder auch gar keine Ahnung. Begeisterung und Überlegung waren zwei verschiedene Paar Schuhe. Das eine reichte für die Schutzliga, das andere für die Champions League. Der Türke verteidigte seine Mannschaft mit Wendungen, über die Franz Schwarz lächeln mußte. Er fand es lustig, wie der andere Wienerisch sprach. Schwarz legte noch einmal seine Sicht dar, erklärte unaufgeregt, wer warum Weltmeister werde, Brasilien natürlich, und damit war die Angelegenheit für ihn gegessen. Nicht für den anderen. Der stand auf, packte seinen Tee und schritt zur Bar. Er setzte sich, mit dem Rücken zur Theke, auf einen der Hocker neben Schwarz, der sich nicht mehr mit ihm streiten wollte. Ein hoffnungsloser Fall.

„Hast das Plakat von die Roten gsehn? Soundsoviel Tausend neue Arbeitsplätze. Muß ich was verschlafen haben." Jetzt wollte er das Thema wechseln.

Der Türke lachte. Er arbeitete am Bau. Vor einem Monat hatte er sich verletzt. Er zog seine Hose hinauf und zeigte Schwarz eine lange Naht am Schienbein. Seinen Tee wieder und wieder umrührend, zog er über die Österreicher her, die alles von vornherein besser zu wissen und besser zu machen meinten. Zu wem der österreichische Polier im Streitfall halte, wenn die wenigen Österreicher mit den vielen Türken und Jugoslawen aneinandergerieten? Die Antwort könne Schwarz selber geben.

Franz Schwarz nahm einen großen Schluck, wischte sich über den Schnauzbart, fragte sich kurz, ob der neben ihm überhaupt Alkohol trinken dürfe, sah sich weiter vorn mit erhobenen Armen stehen und sagte wohlwollend: „Du, das mußt verstehn. Der Jugo oder der Türk arbeitet das gleiche, war in der Heimat, sagen wir, schon am Bau – und ist viel billiger. Jetzt hat der Österreicher aber Angst um seine Stelle. Der hat Familie, Auto, muß die Wohnung zahln, na und die Frau will eine schöne Uhr und ins Kino, er selber im Urlaub nach Italien. Der kann nicht so wenig nehmen. Wenn ich mir heut die Baustellen anschau, da sind ja nur noch Ausländer. Ich hab ja nichts gegen die. Aber hör zu" – Schwarz leerte sein Glas und hielt es dem Kellner zum Nachfüllen hin – „wenn ich der Chef bin, ein schönes Rindviech wär ich, wenn ich nicht den Türken nehm, dem ich die Hälfte geb. Ist ja logisch. Du mußt nur" – er preßte seine Daumen gegeneinander – „eins und eins zusammenzähln. Verstehst?"

Sein Gegenüber nickte. Große braune Augen, ein breites, stoppelübersätes Gesicht, das noch breiter wurde, wenn er die Zähne zusammenbiß und die Backenknochen hervortreten ließ.

„Trotzdem is der Österreicher kein besserer Maurer."

„Eh nicht."

„Außerdem, wirst sehn, werma Weltmeister."

„Und ich Rindviech Chef."

„Warum simma denn überhaupt dabei?"

„Schon gut."

„Gegen wen hamma denn gewonnen?"

„Weiß ich eh."

„Wer ist denn nicht dabei?"

„Wir."

„Und wer ist statt euch dabei?"

„Was würdest jetzt sagen, wennst ich wärst?"

„Geh, red kein Blödsinn." Er schüttelte den Kopf, schlürfte seinen Tee. „Das heißt aber nicht, ihr könnts net spieln."

„Danke."

„Obwohl in zehn Jahren spielt auch kein Österreicher mehr im Team."

„Sondern?"

„Na Türken, Jugos, Neger. Die könnens einfach besser."

„Wenn sie für uns spielen, sinds keine Türken mehr."

„Glaubst?" Er sah ihn von unten herauf an. „Aber so schlecht sind eure auch nicht."

„Ach", sagte Schwarz und hielt sein leeres Glas vors Auge, „hör mir auf mit denen Wapplern."

„DEIN DOKTOR IST EIN FESTER WAPPLER", sagte Manfred bedächtig, während Franz Schwarz neben Fritzens Käfig stand und auf eine Begrüßung wartete. Das schwarze Tier mit dem gebogenen gelben Schnabel hüpfte wie irr von der obersten auf die mittlere und von der mittleren auf die unterste Plastikstufe. Zurück auf der mittleren, ließ es mit einem hohen „Ciao" einen kleinen Batzen fallen. „Ciao", erwiderte Schwarz und setzte sich an seinen Tisch.

„Der Alte wird sich noch heut wurmen", sagte er, und Manfred nickte. Das war *seine* Geschichte, die zu erzählen er ständig aufgefordert wurde. Vorigen Sommer, als Manfred mit seiner damaligen Freundin, die heute weiß der Teufel und mit welchem Teufel wo lebte, durch Italien gefahren war, hatten sie in einem Bergstädtchen zwei Autostunden südöstlich von Rom gehalten. „Ein Idiot", liebte Manfred die Moral der Geschichte vorauszuschicken, „der mit dem Bleifuß über die Autobahn rast, kommt nie nach Anagni." Seine Freundin und er hatten die Landstraßen genommen, in kleinen Ortschaften gehalten, billigen Kaffee und guten Wein getrunken, als sie am späten Nachmittag, über Berg und Tal, vorbei an Olivenhainen und kleinen

Steindörfern, in ein verträumtes Städtchen auf einem Hügel kamen, wo in einer Pension für wenig Geld Betten überzogen wurden.

„Das Leben besteht aus Zufällen", räsonierte Manfred, wenn er vom Ristorante sprach, in das sie zum Abendessen einkehrten. „Taverna Antica. Vergess ich mein Leben lang nicht. Gell, Fritz?" Dort, vorm Eingang, im winzigen Gastgarten, stand ein Käfig mit einem eher unscheinbaren schwarzen Vogel. An ihm vorbei traten sie über die Schwelle, als eine Frau „Ciao" rief. „Ich dreh mich um, die Sonja auch, Herrgott, war die eifersüchtig. Um Himmels Willen, denk ich, wird mich hier doch keine kennen!" Die Tische im Freien waren leer. Sie sahen keine Frau. „Aperto!" rief ein Mann, nachdem sie sich umgedreht hatten. Und wieder sahen sie keinen. Da kam ein alter grauhaariger Mann mit ungesunder, violett geäderter Knollennase aus der Küche und stellte sich neben den Käfig. Er steckte seinen Finger durch die Stäbe und piekste das Tier. Der Vogel rückte in die Mitte. Der Wirt pfiff. Und der Vogel pfiff zurück. Er zog den Kopf ein, stieß einen merkwürdig krächzenden Laut hervor, Manfred und Sonja standen staunend, und der Vogel rief mit der Stimme einer Frau „Roberto!". „Und weil ich für euch", merkte Manfred dann jedesmal an, „keine Mühen und keine Kosten spare, denk ich, den muß ich haben! Hamburg in Ottakring!" Nach wüstem Zechgelage mit Wein, Grappa und Karten, von Wirt zu Wirt, von Einsatzerhöhung zu Einsatzerhöhung, Händen und Füßen und wienerischen Italienischbrocken, wankten Sonja und Manfred lange nach Mitternacht gemeinsam mit dem aufgebrachten Alten, der Gott, die Welt und allen voran sich selbst verfluchte, aus dem Lokal. In seiner Rechten trug Manfred den Käfig. „Wie sich der Alte traurig von uns verabschiedet und davontrottet, ruft unser Fritz ‚Ciao!' und ‚Roberto!' Da hat mir der Gute leid getan. Nur: Was liegt, das pickt. Der Italiener weiß, was Ehre heißt, und ein Mann ein Wort."

„Ein Wappler, ja", wiederholte Franz Schwarz, „aber kaum steht er in der Tür, der Beer, heißt's: Grüß Sie, Herr Doktor, ein Seidl, kommt sofort, Herr Doktor. Wie bei uns unten. Grüß Gott, Herr Pfarrer, Grüß Gott, Frau Architekt, Grüß Gott, Herr Autohändler, Grüß Gott, Frau Apotheker, Grüß Gott, Herr Gott." Er blickte zum Käfig. Nach einem knappen Jahr sprach – oder wie immer man nennen sollte, was am ehesten an ein Aufnahmegerät erinnerte, dessen Wiedergabe auf Zufall gestellt war – Fritz noch immer italienisch. Nur hatte er auch „D'Ehre" gelernt und „Servus", konnte „Manfred" sagen und „Ficken" wie „Trottel" rufen – neben anderen kleinen Worten und Sprüchen. Ansonsten blieb er bei „Ciao" und „Aperto", bei „Roberto" und „Come stai?" Sein Pfeifen aber war Kunst. Da hielt niemand mit.

„Warum?" fragte Manfred und stellte Schwarz ein Bier auf den Tisch. „Ich will nicht wissen, wie der redet über uns."

„Genau, wie redets denn ihr über ihn?"

Und wie zur Bestätigung krächzte Fritz „Ciao! Dottoreee!", warf den Kopf zurück und putzte sein Gefieder. Manfred verschwand in die Küche, wo Swetlana alleine kochte, und Schwarz war verstimmt.

Weiß Gott, er vertraute dem Beer. Wenn Manfred meinte, er sei ein Stiller, dann weil er weder ihm noch den anderen wirklich von sich erzählt hatte. „Ich bin hierhergezogen, weil's unten im Burgenland keine Stelle gibt für mich. Punkt." Schwarz sah Fritz an und murmelte: „Was bist du eigentlich?" Vielleicht hätte er dem Beer nicht alles erzählen sollen. Aber es war einfach befreiend gewesen, die Karten auf den Tisch zu legen, die ohnehin nicht stachen. Von wegen schwul, wie ihn die anderen hänselten. Beer alleine wußte von Marianne und dem jungen Mann, von den Nachbarn und jenem Tag auf der Bezirkshauptmannschaft. Schwarz vertraute dem Doktor, und vielleicht war es falsch, aber er folgte seinem Gefühl, das ihm sagte: Zwar ist der gescheit, aber einsam ist er, und hinter seinen schönen Sätzen verbirgt sich Trauer. Vielleicht aber war es ganz anders, und weil er selbst oft traurig war, fand er den Doktor traurig. Die anderen kannten die Geschichte vom Foto. Er hatte ihnen diese Einzelheit erzählt und jene Pointe. Er hatte dort ein bißchen was dazugegeben und da ein wenig ausgespart. Manchmal, wenn er nicht immer dasselbe erzählen wollte, erfand er etwas dazu, und war das weniger wahr? Je öfter er es erzählte, desto wahrer wurde es. Das waren Kleinigkeiten, und wenn schon. Denn das war seine Geschichte. Das war die Geschichte von Franz Schwarz. Keine andere. Und die Geschichte von Franz Schwarz würde gut enden. Sie mußte gut enden. Er hatte es sich verdient, wenn je einer es verdient hatte.

Josef Kelemen war tot. Tot wie seine Frau und weg und vorbei, und morgen war ein neuer Tag. Vielleicht wußte der Doktor aus seinen Büchern, wie er sich gefühlt hatte damals, als er gedacht hatte, er müßte sterben oder zumindest wahnsinnig werden, was nicht besser war, im Gegenteil. Beer hatte genickt und seinen Empfindungen Worte gegeben. Was machte er mit diesen Worten? Sollte er machen damit machen, was er wollte – Franz Schwarz würde leben. Er würde nie mehr hinunterfahren ins Burgenland, Oberwart konnte und mußte ihm gestohlen bleiben, und hier, in dieser großen Stadt, war er einer. Klein. Irgendwer. In der

Straßenbahn neben ihm saßen und standen Mörder und Maurer und Neger und Japaner und Huren und Direktoren und Wirte und Sekretärinnen und Halsabschneider und künftige Selbstmörder und Drogensüchtige und Säufer und Ärztinnen und Zeitungsverkäufer und Apotheker und Hilfsarbeiter und Gaukler und Dicke und Dünne – nur keine Fußballstars, die waren zu berühmt.

Er war nicht dumm. Und er war nicht auf den Mund gefallen. Er hatte zwei kräftige Arme, und wenn er schon keinen Computer bedienen konnte oder wollte, konnte er anpacken und die Ärmel aufkrempeln und seinen Beitrag leisten – oder, besser, den großen Gewinn machen. So stand es um ihn, und nicht anders. Und wenn er noch so oft nichts davon glaubte, war eines doch gewiß: Schlechter als damals konnte es nicht werden. Und alles hatte recht gut begonnen. „Wenn's läuft, dann läuft's!" Ja, Manfred, du kennst die Menschen. Schwarz schob sein leeres Krügerl beiseite. „Treten Sie nicht nach unten", hatte der Doktor gesagt, „empören Sie sich lieber nach oben, Herr Schwarz." Herr Schwarz. Wer nannte ihn so ohne Verachtung? „Herr Schwarz, ohne Computer geht nichts! Herr Schwarz, Sie sind nicht mehr der Jüngste! Sehr geehrter Herr Schwarz, wir hoffen, daß Sie bisher mit unseren Leistungen zufrieden waren und möchten Sie darauf hinweisen, daß. Herr Schwarz, das ist alles keine Hexerei!" Weiß der Teufel, da drüben an der Wand hing er, ein Niemand unter Jemanden, neben den großen Fußballstars, die nicht in der U-Bahn saßen, und er, Franz Schwarz, hatte alle überlistet, in der Zeitung hatte man sich über ihn gefreut, und wenn er sich auch nicht zu erkennen gegeben hatte – wenn man ihn fand, so wie Beer ihn gefunden hatte, es käme ihm nur recht!

Es käme ihm nicht recht.

Er stützte seinen Kopf in die auf dem Tisch aufgestützten Arme.

„Franz?" Manfred rief aus der Küche. „Ist was, Franz?"

„Bring mir noch ein Krügerl."

Gar nicht recht. Dann würden sie ihn auch unten erkennen, im Burgenland, und dann würden wieder die Zeitungen und die Magazine kommen und alles aufrollen, und Franz Schwarz wäre wieder Josef Kelemen, über den alles im Archiv stand, erstunken und erlogen, und eigentlich müßte er weg – bloß wohin? Er konnte nur Deutsch, und hier hatte er sich ein neues aneignen müssen, weil sie gelacht und ihn einen Gscherten genannt hatten. Jetzt sprach er wie sie. Freilich, wenn er außer sich geriet, fiel er in seine alte Sprache zurück, und im Traum sprach er oft, wie ihm der Schnabel gewachsen war. Daher war er auch in einem Traum statt Fritz im Käfig gesessen und hatte Wienerisch gesprochen. Aber auch die neue Sprache, die aufregend und beinahe von selbst gekommen war, gehörte zu Franz Schwarz, war Franz Schwarz. Denn er konnte es nicht wie die Pendler machen, die morgens, gar von Jennersdorf, aus dem tiefen Süden an der slowenischen Grenze, in die Hauptstadt fuhren und abends mit dem Bus nach Hause zurück; und auch nicht wie die Studenten, die in ihren Burgenlandheimen lebten; und auch nicht wie die Arbeiter, die unter der Woche in einer kleinen Wohnung hausten und am Dienstag zum Pendlerfest gingen, wo sie ihre Freunde und Bekannten und die Studenten aus den Heimen trafen, die sie am Wochenende zur gleichen Musik an einem anderen Ort wieder sahen. Aber das machte nichts. Das machte gar nichts. Er war Franz Schwarz, und er nahm sich an, wie ihm der Doktor geraten hatte. Er hatte keine Schuld auf sich geladen, keine große jedenfalls, die nur annähernd rechtfertigte, was ihm widerfahren war. Das war es gewesen, und er hatte es dem Doktor zur Geschichte vom ersten Foto erzählt. Die anderen wußten es nicht. Davon wußten sie nichts. Sie kannten ihn nur als das Schlitzohr vom Happelstadion.

In seiner neuen Wohnung, die er sich selbst eingerichtet, die er selbst in Schwung gebracht hatte, aus einem Loch einen Platz zum Leben geschaffen, war er alleine gesessen und hatte die Zeitung gelesen. Von hinten nach vorn. Früher, da hatte er sich wenig gemacht aus Fußball. Freilich hatte er als Bub selbst gespielt und sich nicht ungeschickt angestellt. Und natürlich war er im Stadion gewesen, als der Verein in der zweiten Liga spielte und fünftausend Menschen von überallher kamen, der Mohammed trommelte und alle „Immer wieder, immer wieder, immer wieder SVO" sangen. Nur war damals Marianne dabeigewesen. Bekannte treffen und danach weitertrinken, eine einzige Feier, fernab der wirklichen Probleme. Überhaupt hatte Marianne vom Fußball mehr verstanden als er. Ihr Vater war ein berüchtigter Verteidiger und später jahrelang Trainer gewesen. Franz Schwarz machte sich nichts vor. Er hatte auch zu Beer gesagt: „Ich brauch was, wo ich mich gehn lassen kann. Und ich brauch Freunde." Die hatte er gefunden, draußen in Hütteldorf. Ein paar, wenige, die nicht fragten, woher er kam und wohin er ging, wenn das Spiel vorüber war und sie zusammen geschimpft und gejubelt hatten. Vielleicht, weil er selbst nicht wissen wollte, wo sie hingingen, und was sie erwartete dort.

Gleichviel. An einem großen Bild des gefeierten Tormanns war er hängen geblieben. Irgendetwas geschah mit ihm. Er mußte das Bild anstarren. Es veränderte sich vor seinen Augen. Alle Vertrautheit schwand, alle Gewohnheit war weg. Er fürchtete sich davor. Franz Schwarz sah sich noch an seinem Küchentisch über die Zeitung gebeugt, wie sein Herz erneut wie wild zu pochen begann, und er sich vorsagte, das sei ganz in Ordnung. Der Tormann saß jetzt auch irgendwo; der ging auch schlafen und stand auf und träumte und war traurig manchmal; der war ein Mensch wie Schwarz. Nur von ihm sprachen die Menschen; sie brüllten seinen Namen über die Stimme das Ansagers; die Frauen lechzten nach ihm; jeder wollte seine Unterschrift und sagen können: Er hat mit mir gesprochen; und in zehn Jahren würde es heißen: So einer kommt nicht wieder. Schwarz sah sich weinen. Seit *damals* hatte er nicht mehr geweint, weil er sonst ununterbrochen hätte weinen müssen. Er sah sich als Punkt. Ein Stockwerk über ihm und drei unter ihm waren unzählige Punkte. Und erst in der Straße; und erst alle Punkte in diesem Bezirk; in der Stadt überhaupt. Was da alles geschah, derweil er, alleine und klein und hundselend, heimatlos am Küchentisch heulte. Und weiter hinaus: Österreich. Und über die Grenzen: wo man ihn nicht einmal verstand. Oben waren die Sterne, und er dachte daran, wie viele Millionen Menschen schon gelebt hatten, und wie. Und wie viele starben jeden Tag; wie viele sinnlos; und wie wenig wert das war, ein Leben. Wenn diese Frau diesen Mann nicht getroffen und mit ihm geschlafen hätte – dann würde es ihn gar nicht geben. Und kam es dabei auf dieses eine Mal und gerade auf dieses Ei und diesen Samen an? Und ebenso verhielt es sich mit seinem Vater und seiner Mutter. Woher kam das, und wohin ging das? Auch der Tormann, der hier, auf dem Bild vor ihm, hätte nicht sein müssen. Aber der war und strahlte. Wurde man so verrückt?

Schwarz sah sich, derweil er einen tiefen Schluck nahm und Manfred hinter der Theke auf seinem Mobiltelefon Backgammon spielte, die Zeitung in den Müll schmeißen, ins Kabinett laufen und sich aufs Bett werfen. Sein Herz pochte. Er legte sich auf die Decke, um den Schlag zu dämpfen. Unvermindert pochte es weiter. Er drehte sich auf den Rücken. Es klopfte unterm Brustkorb, der sich zitternd hob und senkte. Und dann hörte er wie niemals zuvor die Uhr schlagen und seinen Herzschlag. Laut war sie, viel zu laut. Er schloß die Augen, wollte nur noch einschlafen – und sah plötzlich Hunderte von Uhren und Weckern vor sich und einen monumentalen Glockenturm, in dessen Innerem ein Computer das Zifferblatt steuerte. Und Schwarz sah Tausende von Menschen, denen die Sekunden schlugen. Männer, Kinder, Frauen; er sah alte Menschen und Kranke; Verhungernde drängten sich neben Dickleibigen; er sah den Präsidenten; sah seine Referentin beim Arbeitsmarktservice; den Tormann auf dem Klo; er sah die Ministerin und ihren Stab; und dann sah er Pharaonen und alte Griechen mit langen weißen Bärten; arabische Händler mit roten Turbanen folgten buntgekleideten Indianern; er sah Ritter und Königinnen; sah krumme Bauern ihr Habe den Soldaten abliefern; und er sah abgerackerte Arbeiter neben fahlgesichtigen Obstverkäuferinnen Kisten über den Markt schleppen; er sah Piraten und Eskimos und Eingeborene in Lederschürzen; sah seine Mutter, seinen Vater, sah Marianne und schließlich sich selbst.

Schwarz, und Fritz rief „Ciao", als eine junge Frau eintrat, sah sich durchnäßt aus dem Bett springen und den Wecker mit aller Kraft gegen die Wand schleudern. Er sprang auf ihm herum, wie irr sprang und trampelte er, bis nichts mehr tickte, und kickte ihn mit dem Fuß unters Bett. Es war still. Als er sich wieder hinlegte, hörte er die Uhr aus dem Fernsehzimmer. Er verhängte sie mit einem Leintuch. Allein er lauschte so angespannt, daß er sie immer noch hörte. Er wollte weghören, es ging nicht, wollte nur noch einschlafen und vergessen. Unermüdlich tickte die Uhr. In dieser Nacht tat er kein Auge zu. Und in dieser Nacht nahm er sich vor, auch strahlen zu wollen, wozu er nur einmal Gelegenheit hatte. Als Fritz „Aperto" krächzte, wandte Franz Schwarz seinen Kopf zum Eingang, durch den Paul Beer ins Lokal trat.

„Grüß Sie, Herr Doktor", rief Manfred freundlich. Beer blieb vor dem Käfig stehen. Dieses Tier bezauberte ihn, wenn er den Wirt auch dutzende Male gebeten hatte, doch einen größeren Käfig anzuschaffen. „Come stai?" fragte Beer, der sich aufs Essen am Wochenende freute. Die Antwort gab er selbst. „Bene! Molto bene!" Paul Beer fand Franz Schwarz wie immer mit einem Bier an seinem Lieblingstisch. Er schien, höflich ausgedrückt, etwas illuminiert. Diesen Mann hatte er ins Herz geschlossen, und wenn Schwarz auch mitunter aussprach, was dieses zittern ließ, behielt Beer ihn trotzdem drinnen. Wenn Ursula Steiner das nicht verstehen sollte – sei's drum, er sah manches anders!

„Guten Tag, Herr Schwarz", sagte er, „darf ich mich setzen? Heute erzähle *ich* Ihnen was." Und er erzählte ihm weit ausholend von einer Antiquarin, die er sehr sehr schätze, einer überaus liebenswerten Person, der er eine Tasche voller Bücher gebracht habe, von Autoren, die über Fußball geschrieben und denen Schwarz jegliche Berechtigung dazu abgesprochen hätte. Beer war in Laune. Er drehte sich um und rief „Dottoreee!" in Richtung Fritz. Der Kellner brachte ein Bier. Fritz sekundierte. Es warteten gute Tage.

ABENDS SASS URSULA STEINER NACH EINEM GUTEN TAG IN DER U-BAHN UND FUHR IN RICHTUNG STUBENRING, wo sie im Café Prückel, beim steinernen Dr. Lueger vor der Riesenplatane, eine Melange trinken und danach durch die Innere Stadt spazieren wollte. Im vollen Abteil war es still. Welch hanebüchenen Schwachsinn die Leute lasen. Es war zum Schreien. Auf dem verklebten Boden lagen die Seiten der stumpfsinnigen U-Bahnzeitung verstreut, der Geruch verschütteten Biers mischte sich in die sommerlichen Ausdünstungen der Fahrgäste, denen allmählich klar gemacht wurde, daß sie wie in anderen Großstädten ebendies bald nicht mehr wären, Gäste, sondern Kunden würden. Ihr gegenüber saß ein junges Mädchen weit zurückgelehnt und hielt verschämt seine Arme über dem Bauch verschränkt.

Mit einem Mal tauchten Erinnerungsfetzen der letzten Nacht auf, die sich allmählich zu dem Traum zusammensetzten, der sie aufgewühlt und den sie doch nicht mehr hatte aufspüren können. Sie war in der U-Bahn gewesen oder in einem Zug. Aber dann? All die Stunden im Antiquariat hatte sie weiterzufinden versucht. Wenn morgens der Wecker läutete, drehte sie ihn um eine Viertelstunde nach vorn, um den seligen Zustand zwischen Traum und Wachen zu genießen, in dem die Worte und Bilder halbbewußt flossen, beim Aufspringen nach dem zweiten Läuten aber verschwunden waren. Wie es Beer wohl mit dem Erwachen hielt? Im Antiquariat hatte sie ihm einmal erklärt, warum ihr Kant, der Mann aus Kaliningrad, wie sie ihn nannte, zuwider war. Ein Mensch, der wie mit dem Schwert die Schnur zwischen Schlaf und Tag kappt, als wäre jener etwas Unwürdiges, war, wenn nicht verachtenswert, zumindest höchst suspekt. Steiner vermutete, der Philosoph habe sich einfach nicht vorstellen wollen, wie er, der Große, unbeweglich – doppelt eingewickelt in seine Decken – in einem Bett lag und sich, von außen betrachtet, nicht rührte. Wie ein Tier. So konnte man nicht sein. Die Antiquarin aber liebte ihre Träume, wenn sie auch bisweilen vor ihnen erschrak.

Allmählich legte sich der Traumzug, in dem sie gesessen war, über den U-Bahnzug, der sie zum Stubenring bringen sollte. Station um Station fuhr sie ein prächtiges, freies Viertel entlang. Und da, an einer, war es schön. Ein neuer Bezirk, wie sie ihn noch nie in Wien gesehen hatte, ein breiter, kopfsteingepflasterter Boulevard mit Pinien und Akazien, den sommerliche Menschen bevölkerten, runde Tische vor den Cafés, um die man unter großem Hallo saß, als gäbe es wenig in der Welt, was schöner und wichtiger wäre; ein eleganter und elegant bröckelnder Korso, in dessen Mitte ihre Bahn tingelte – hier wollte sie aussteigen und spazierengehen. Als die Tramway hielt, verließ sie ihre Bank und ging federleicht zur Tür, die sich aber nicht öffnen ließ. „Zug fährt ab!" Sie hämmerte gegen den Aussteigeknopf. Nichts. Erbost rannte sie den Wagen entlang, auf und ab, vor und zurück, Köpfe drehten sich verständnislos nach ihr, sie öffnete die Tür zum Schaffner und herrschte ihn an, Halt zu machen, und zwar auf der Stelle, was solle der Unfug. Grinsend drehte er sich um. „Schöne Frau, meinen'S, wegen einer bleib ich stehn? Kennen'S den Zug, der zurückfährt?" Sie wandte sich von ihm ab, überlegte wütend, wie sie ihn klein bekomme, wie sie ihn zum Halten zwinge, und als sie sich ihm wieder zuwandte, saß niemand im Führerwagen, sie rannte ans hintere Zugende, schlug gegen das Fenster und schlug damit bloß noch die Konturen dieser nie gesehenen Stadt, die im Eilzugtempo verschwand. Ursula Steiner öffnete ihre Augen, nahm die Sonnenbrille ab und staunte. Ein Zufall, ein kleiner Anstoß, und schon war ein Traum nicht vergessen.

Bloß wo waren die Träume, die sie einst geträumt hatte, vom freien Leben in freier Gemeinschaft, in der, wie es so schön hieß, die freie Entwicklung jedes einzelnen Voraussetzung für die freie Entwicklung aller war? Was war geworden aus dem, was sie einst gefordert hatten? Gulag, sagten die, die am lautesten geträumt hatten, Diktatur, Totalitarismus. Umgestülpt die Wünsche, dienst- und verwertbar gemacht. Sie hatte geschrien – sie sah sich noch im Demonstrationszug, wie stark sie sich gefühlt hatte, wie sehr sie gewünscht hatte, ihre Eltern möchten sie unter den Bösen sehen, wie verantwortungsvoll sie sich gefühlt hatte –, Körper seien da, um auch gezeigt zu werden, und Nacktheit keine Schande, sondern Befreiung von Zwängen. Und das kleine Mädchen gegenüber mußte sich die Arme vors Bäuchlein halten, das sie herzeigen sollte und nicht konnte. „Wir, Sie und ich, leben schon im Kommunismus", hatte Beer gesagt. „Der Kommunismus ist die wirkliche Bewegung, die gegen die herrschenden Verhältnisse lebt, besser jenseits von ihnen, eine lange Linie, die so alt ist wie der Kampf gegen die Macht selbst." Also wieder Paulus Beer. Also wieder Religion. Also wieder verdächtig.

Am Stubenring verließ sie die U-Bahn und blieb vor Lueger stehen. Der stand überall ins Stadtbild geschrieben, verdienstvoller Bürgermeister, der er war. Auf dem Zentralfriedhof, in der Krypta der nach ihm benannten Kirche, ruhten seine Knochen in einem Katafalk hinter Glas; als sie zum letzten Mal dort gewesen war, waren Kränze der Wiener Konservativen davorgelegen. Die

Verbindung zwischen den Reliefs am Sockel und dem, was man sozialistischen Realismus nannte, ekelte sie an. Arbeiter, starke Hände, fröhliches Rackern.

Wenn sie spazieren ging, wanderte ihr Blick über Gedenktafeln und Inschriften, die, wie sie Beer einmal auseinandergesetzt hatte, eine Erinnerungsgemeinschaft stifteten. Die Denkmäler der großen Männer sprachen Bände; nicht weniger die anderen Denkmäler, die ohnehin wenig verschwiegen. „Denk mal", sagten sie, aber so laut, daß man es schon nicht mehr hörte. Und wenn sie jemals etwas schreiben würde, daran dachte sie oft, wenn sie die Stadt las, wäre es eine Geschichte Wiens anhand von Straßennamen und Denkmälern. Sie stand vor dem riesigen Bürgermeister und sah sich um. Jene Geschichte spiegelte sich ebensogut in seinen Gedenktagen. Hier gab es keinen vierzehnten Juli und keinen vierten, und gedacht wurde, höchst widerwillig oder automatisch, jener Untaten, die man begangen hatte. Noch der Tag der Unabhängigkeit ließ keine rechte Freude zu; man hatte sie nicht selbst erkämpft. („Man selbst? Welcher Linie rechnen Sie sich denn zu?" hatte Beer gefragt, „Kann man sich das aussuchen?" hatte sie geantwortet.) In Steiners Geschichtestunde im Gymnasium war an diesem Tag der letzte Russe, den sie sich recht grimmig und im ganzen Gesicht behaart vorstellte, sein Gewehr geschultert und ein heimatliches Lied der Vorfreude auf den Lippen, von den Straßen der Stadt auf jene des Landes gezogen, derweil die Österreicher mit der einen Hand winkten und die andere in der Hosentasche ums Messer krallten, bis er endlich die Grenze überschritten hatte, und alle aufatmen konnten.

Ursula Steiner setzte sich auf einen der Metallstühle vorm Café, blickte sich kurz um, nur um festzustellen, daß sie niemanden kannte, und bestellte eine Melange. Ein Bild ihrer Stadtgeschichte hatte sie Beer ausgemalt. Vorm Parlament, dessen Hellenismus das Fehlen jeglicher demokratischer Tradition bekannte, stand die Göttin der Weisheit, wandte ihm den Rücken zu und blickte auf den Ring. („Ein subversiver Akt." – Beer) Vor ihren Augen traf Dr. Karl Renner, der klassische österreichische Sozialdemokrat, der lieber mit den Massen irrte, als beim Anschluß an Großdeutschland gegen sie Recht zu behalten, nachdem er die Arbeiter in der Vorstadt mit Schiller auf den Sozialismus hatte vorbereiten wollen, auf den schönen Karl Dr. Lueger, einen Lehrer Hitlers im Judenhaß, den die Konservativen noch immer als den Ihren verehrten. In diesem Bild schoß die Geschichte der Zweiten Republik und der großen Koalition zusammen. Dagegen nannte sich ein kleiner Pfad auf dem Schafberg, hinterm Bad und gegenüber einer Thomas-Morus-Kirche, Utopiaweg. Auf dem Weg dorthin lagen Liebknecht- und Spinozagasse, und wo konnte man schöner in der Wiese liegen als Am Himmel. Dergleichen Fäden hatte Ursula Steiner viele gefunden. Wenn sie diese zu einem Netz spönne, spräche die Stadt selbst.

Der Kellner brachte eine Melange, und die Antiquarin verschwand hinter deutschen, französischen und englischen Zeitungen. Hin und wieder lachte sie auf. Bitter, kopfschüttelnd. Und doch lächelnd. („Wer aus all dem Wahnsinn nicht die Spuren ins Freie lesen kann, muß verzweifeln." – Beer.) Nachdem sie bezahlt hatte, spazierte sie durch die Postgasse und über den einstigen Fleischmarkt zum Stephansplatz und dachte über eine angemessene Antwort auf die *Außenseiter* nach.

Als sie in den Graben bog, rief eine Stimme ihren Namen aus dem Gewurrle. Winkend lief ihr Sabine

Doleschal entgegen, zwängte sich an fotografierenden Touristen und passantenbelagerten Witzfiguren vorbei, stieß beinahe einen Mozart um und breitete schon von weitem die Arme aus. Sie umarmten einander, und Sabine lud Ursula zu sich. Man habe einander lange nicht mehr gesehen, viel viel zu lange, es gebe Bände zu erzählen, sie komme von der verzweifelten Suche nach Nützlichem für ihren Urlaub, zu Hause warte zufällig eine Überraschung, die an Studienzeiten erinnere. Gerne überschritt die Antiquarin eine Brücke in die Leopoldstadt.

„STADT, LAND, FLUSS HABEN WIR IM GYMNASIUM GESPIELT, unter der Bank, wenn es langweilig war", sagte Sabine und zwinkerte ihr zu. „Es war oft langweilig. Hoffentlich bin ich weniger langweilig." Sie hatten ein Knäuel zu entrollen begonnen; nun bemühten sie sich mit vereinten Kräften, Abbiegungen und Anfang wiederzufinden.

„Schließ die Augen", hatte Sabine gesagt, nachdem Ursula Steiner auf ihrer Couch Platz genommen hatte, „und riech". Und wirklich: Die Antiquarin saß auf dem Boden einer großen Wohnung, an den Wänden kämpferische Plakate voller Rufzeichen, erstem Mai und Solidaritätsadressen, geballte schwarze Titanenfäuste, viel Rot, Land der Hämmer, viel Gelb, Land der Sicheln, ihr gegenüber Sabine mit kurzem struppigen Haar in einem beigen Sommerkleid, neben ihr Peter und viele andere, deren Namen sie jahrelang nicht mehr gedacht hatte; laute Musik im Hintergrund, „Drei Kugeln auf Rudi Dutschke", sang Wolf Biermann, der heute verzweifelt den angeblich falschen Ton jener Lieder beschwor, eine dicke Zigarette machte die Runde, „ein blutiges Attentat", sie lachten über Artikel, die sie einander vorlasen, „wir ham genau gesehn", und spannen die darin gegen sie erhobenen Vorwürfe weiter, „wer da geschossen hat". „Sabine, ich weiß nicht", hatte die Antiquarin gesagt, „ich hab so lang kein Gras mehr geraucht. Ich rauche auch keine Zigaretten mehr. Aber, verdammtnochmal, mach dich an die Arbeit."

Ursula Steiner war derart fröhlich gewesen in den letzten Tagen, so gerne aufgestanden und hellwach in ihrem Geschäft gesessen, daß sie vor einer Verlangsamung und einem In-sich-Hineinhorchen keine Angst verspürte. Sabine strich ein langes Zigarettenpapier glatt, brach drei Viertel einer Zigarette darauf, bröselte etwas von dem Gras hinein, derweil die Antiquarin, wie damals, aus einem festeren Stück Papier einen Filter drehte.

Nun saßen sie leicht nebeneinander auf der Couch. Sie tranken Kaffee und naschten, Ursula Steiner rauchte eine Zigarette und blies Rauchkringel in die Luft.

„Beeindruckend." Sabine lachte. „Für eine Nichtraucherin, meine ich."

Gelegentliche Fremdheit, die Steiner an ihrer Freundin entdeckte, wurde von einem Gefühl des Einverständnisses übertüncht. In diesen Geschichten und Gedankengängen kannte sie sich aus, fand sie sich zurecht und bisweilen wieder. Ursula Steiner hatte ohne Unterlaß erzählt, von ihrer Arbeit, von dem Buch, das sie gerade las, von damals, als sie noch im Seminar gesessen waren, die Revolution mit festen Stiefelschritten nahte, von Selbstkritik und Organisationsfragen, was aus dem wurde und was aus der, und von vielem mehr. Sabine war bei Stadt, Land, Fluß angekommen, das ihre Schülerinnen nicht mehr kannten, ihre Schüler lächerlich fänden, und Steiner fragte sich, woher sie die entsetzlichen Drucke an ihrer Wand hatte, als Sabine aufsprang.

„Weißt was, Ursi? Spielen wir was!"

Sie verschwand im nächsten Zimmer. Ursi. Wie lange sie nicht mehr so genannt worden war. Steiner blickte sich um. Sabine lebte auch alleine. Da stand nichts im Weg herum. Eine niedrige weiße Couch, auf der man essen konnte, davor ein etwas höherer Glastisch, silberne, metallene Gegenstände, gekalkt und großteils kahl die Wände, die dazupassenden leeren Bilder, ein Bücherregal, Stereoanlage, Fernsehgerät, Video, wie neu alles. Die Sterilität und Ordnung des Zimmers, alles an seinem Platz, als wären die Dinge nur vorübergehend und ausgeliehen hier – fehlten nur noch Plastiküberwürfe! –, irritierten die Antiquarin. Im Wandkalender war eine Woche mit Leuchtstift angezeichnet und daneben stand in bunten, großen Buchstaben: „Griechenland!"

Sabine kam zurück. Mager sah sie aus, blaß. Da war etwas mit ihren Augen. Diese großen grünen Augen, Koboldsaugen, wie sie früher gesagt hatten, waren versteckt. Aber die Lider gingen nicht mehr auf, gaben den Blick nicht mehr frei auf den Kobold, der alleine einen Abend mit zehn Leuten verzaubern konnte, kichernd und scherzend, „wir sind die stärkste der Partein" („den Müßiggänger schiebt beiseite, diese Welt wird unser sein").

„Bürger ärgere dich nicht, wie oft haben wir das gespielt!"

Sabine schlug die Arme überm Kopf zusammen. Sie packte das Brett aus und stellte die Schachtel mit den Figuren auf den Tisch. Sie wählte rot, die Antiquarin schwarz. Ursula schüttelte die Würfel lange, ehe sie auf den Tisch rollen durften, sie wegsah und die Finger übers Gesicht spreizte. Sabine wiederum wollte nur ihre Figuren aus dem Spiel schlagen. Glückte es, sah sie Ursula grinsend an:

„Oje."

Während Sabine, eine Zigarette im Mundwinkel, eine weit vorgerückte rote Figur ins Ziel bringen wollte, standen mehrere schwarze ungefähr auf der Hälfte ihres Weges. Selten würfelte Sabine eine Sechs, und wenn, brachte sie noch seltener eine neue Figur ins Spiel. Bald schien der Sieg der Antiquarin sicher.

„Vielleicht gewinnst du ja beim nächsten Mal, wenn wir mit zwei Farben ziehen."

Sie grinsten, blödelten und lächelten einander zu. Sabine, boshaft in sich hineinkichernd, freute sich über eine Sechs, und darüber, daß sie eine neue Figur ins Spiel bringen durfte. Eine schwarze stand auf ihrem Startfeld – am falschen Ort, zur Unzeit. Mit einer schnellen Bewegung aus dem Handgelenk stieß Rot Schwarz aus dem Feld, und Schwarz fiel vom Tisch.

„Oje."

Sie spielten langsam und versunken, nebenbei, und oft fragten sie einander, wie sie auf das Thema gekommen seien, und was eigentlich sie weswegen hatten erzählen wollen. Hinter ihnen warf eine silberne Stehlampe Licht aufs Spielfeld, über das ihre Kopfschatten huschten. Draußen war es still; nur hin und wieder drangen Motorengeräusche zum gekippten Fenster hinein, ab und zu Stöckelschuhe, schnelle, kleine Schritte. Zuweilen hörten sie die Nachbarin ins Telefon schreien, „Du kannst mich mal!" brüllte sie und dämpfte die Stimme, „Ich muß endlich an mich denken." Sabine und Ursula sahen einander an und grinsten.

Da krachte Sabines Faust aufs Brett. Die zweite folgte. Ihr Kopf sank auf die Tischplatte, und als sie ihn wieder hob, schimmerten ihre Pupillen.

„Sabine, ist dir schlecht?"

„Ich hab immer nur mit dieser einen Figur gezogen. Die anderen, verstehst du, ihr hattet immer mehrere auf dem Feld. Vielleicht habt ihr langsamer gezogen, gut, seid geschlagen worden, aber – dann waren noch andere Figuren da."

Sie schluchzte, fegte mit dem Ellenbogen die Figuren vom Brett, alle auf einmal. Die Antiquarin wußte nichts zu sagen. Sie versuchte, einen freundlichen Blick aufzuziehen. Das Gehörte sickerte ein. Die nötige Distanz herzustellen, fiel in ihrer Verfassung schwer. Sie tastete nach Sabines Händen, die ihr gleich wieder entzogen wurden.

„Ihr rückt mit mehreren vor."

Ihr. Wer war Ihr?

„Ich hab nur diese eine, die unbedingt ins Ziel muß. Zieh immer nur mit der strebsamen Sabine, die alles, egal was sie sonst sagt, sorgfältigst erledigt."

Hatte sie ihr immer gesagt.

„Die brave Tochter, redlich bemüht sie sich und erreicht, was immer sie sich vornimmt. Immer die eine Figur, alle können mich einschätzen. Dort steht sie, dahin fährt sie."

Ursula Steiner war traurig. Und sie war verärgert. Diese Weinerlichkeit. In dieser Wohnung, in der es schon nach dem großen Aufgeben aussah. Nach „Ich bin vernünftig geworden, man kann nicht ewig rebellieren." Sie wollte ihren warmen Kopf nicht verlieren, in dem es sanft war und angenehm wie lange nicht mehr. Sie wollte ihren Sommer nicht verlieren und nicht ihr gutes Gefühl.

„Sabine, was sagst du denn da?"

Sabine winkte ab, tastete nach ihren Zigaretten. Hastig begann sie zu ziehen, stieß den Rauch aus der Nase, drückte die Zigarette nach wenigen Zügen in den Aschenbecher. Auf allen Vieren raffte sie ihre Figuren vom Boden zusammen. Eine stellte sie vors Ziel, die anderen drei vor den Start.

„Verdammt, Ursi, was jetzt?"

Ursula Steiner nahm ihre Hand, streichelte, drückte sie.

„Was, wenn die geschlagen wird? Oder sich selbst aus dem Feld schlägt?" Sie blickte Ursula Steiner von unten herauf an und nickte.

„Dann hast du vier Figuren am Start. Eine wird sich beim Ziehen schwer tun. Aber drei andere werden für sie mitziehen." Wieder brach Sabine in Schluchzen aus. Sie nahm die Figuren und schmiß sie in die Schachtel, packte das Brett, klappte es zusammen, legte es in die Schachtel und verschloß sie.

„Game over."

Über Trost und Zuspruch war es spät geworden, die Motorengeräusche nur noch vereinzelt, in langen Intervallen, keine kleinen, schnellen Schritte mehr. Die Antiquarin wollte an die frische Luft und zu Fuß nach Hause.

„Sabine, leg dich schlafen. Wenn du ausgeruht bist, komm morgen im Geschäft vorbei. Dort wartet was auf dich."

Sie umarmte ihre Freundin, die sich an sie schmiegte, strich ihr übers Haar, küßte sie links auf die Wange und rechts, schrieb, in der Hoffnung, sie nicht merken zu lassen: für alle Fälle, ihre neue Mobilnummer auf, und als Sabine zur Tür ging und den Schlüssel suchte, steckte Ursula Steiner die schwarze Filmdose mit dem

Gras ein und floh durchs Stiegenhaus auf die Straße. Auf dem Nachhauseweg ließ sie sich Zeit und zwang ihre Gedanken in die Bahnen der kommenden Tage.

VIER TAGE WAREN VERGANGEN, und Paul Beer wollte nicht so recht ins Antiquariat treten. Man war sehr vertraulich gewesen. Beer hatte erzählt, was ansonsten seine Sache war. Er war bei ihr zu Hause gewesen, hatte sich wohl gefühlt in einer dieser Enklaven, in denen es sich atmen ließ. Wie lange er schon nicht mehr in einer unbekannten Wohnung gewesen war, dachte er unter einem gelborangen Sonnenschirm vorm Café und rührte Zucker in die Melange. Wie würden sie nun miteinander umgehen? Er hatte sie fürs Wochenende zu sich geladen, im wohligen Nebel aber ihr seine Adresse zu geben vergessen. Er legte die Zeitung mit den Berichten über die letzten Spiele der Weltmeisterschaft beiseite, deren Ausgang Franz Schwarz durchwegs richtig vorhergesagt hatte („Glauben Sie mir. Wollen wir wetten? Setzen wir gemeinsam. Jeder hundert Euro. Acht zu eins die Quote."), trank seinen Kaffee aus und leerte das Wasserglas. Am Sonntag, dem Tag nach Steiners Besuch, fand das Endspiel statt. Paul Beer rief den kahlköpfigen Kellner und blieb wenig später vor der Bücherkiste auf dem Gehsteig stehen.

Er wühlte abwesend, fand zwei Bücher, die ihm gehört hatten, und spähte immer wieder ins Antiquariat. Durchs Fenster sah er Ursula Steiner lebhaft auf eine große, erschreckend dünne Rothaarige einreden, die vor ihr stand und unentwegt den Kopf schüttelte, als wäre keines der an sie gerichteten Worte auch nur im entferntesten zutreffend. Beer wollte weiter, durchaus erleichtert, die beiden, die einander offensichtlich viel zu erzählen hatten, sollten nicht gestört werden. Da winkte sie ihm freundlich zu. Er fühlte sich ertappt, der kleine Bub vorm Schlüsselloch, schämte sich des kindischen Versteckspiels. Ein bißchen blättern, verstohlen über den Bücherrand schielen, was da vorging im Inneren – peinlich. Na und? Beer trat ein, stand unschlüssig in der Tür, die Antiquarin war amüsiert.

„Das ist Paul Beer, mein nicht kauffreudigster, aber liebster Kunde."

Sabine Doleschal, die bis über Mittag geschlafen hatte, schämte sich für ihren dummen Ausbruch. Sie hatte Ursula zu erklären versucht, wie sehr die letzten Wochen vor Schulschluß genervt hatten. Noten festlegen, um die mit widerspenstigen Schülern zu feilschen war; Eltern, die jede Untat ihrer Biester entschuldigten; die Herren Kollegen, die unverschämt grinsend von einer alleinstehenden Lehrerin gern etwas lernen würden; und über all dem die Aussicht, im Herbst wieder weniger Stunden zu bekommen. Sie sehnte sich einer Griechenlandreise entgegen, mit einer Kollegin, die so etwas wie ihre beste Freundin geworden war, mit der Unterhaltungen weniger aufreibend und anstrengend waren als die ohnehin Jahr für Jahr selteneren mit Ursi. Ursula sprach ständig von neuen Entdeckungen, wollte diskutieren und klug sein, und je länger das Gespräch, desto häufiger sprach sie davon, wie Sabine einst gewesen sei. Wie sie das und das damals gesehen, wie sie dort und dort alle verblüfft habe, wie großartig es gewesen sei, als sie dem grauslichen Professor dieses und dem alten Faschisten jenes an den Kopf geworfen habe, kurz, wie schwer es ihr falle, dieses geliebte Wesen im heutigen zu entdecken. Als ob es nichts anderes gäbe als Bücher und Politik und schreckliche Männer. Als ob das Leben nicht auch schön sein könnte. Als ob das Revolutionsspektakel ihrer Jugend nicht Farce genug gewesen wäre. Von einer Abhängigkeit in die nächste. Von einer Dummheit zur nächsten. Von einem Glauben zum anderen. Der gestrige Abend wäre eine angenehme Ausnahme gewesen, hätte sie sich nicht derart vergaloppiert.

Da reichte ihr dieser hagere Mann mit den feinen Gesichtszügen die Hand. „Guten Tag, Beer. Mit zwei e, wie Sie sich vorstellen können." Artig nannte sie ihren Namen und entzog ihm die Hand. Er schwitzte, machte einen Schritt an ihr vorbei, beugte sich über Ursulas Tisch und streckte ihr verschwörerisch die Hand entgegen. „Tag", sagte er, „hallo." Ihre Freundin schien nicht anders, aber sie lächelte merkwürdig, und in Ursulas Blick und Tonfall war etwas, das sie zu kennen meinte: der Enterhaken, der das fremde Boot zuallererst auf die eigene Seite ziehen will.

Drei Menschen atmeten im stickigen Antiquariat, und niemand sprach. Sie fühlte sich unerwünscht. Als ob die beiden in ihrer Gegenwart nicht sprechen könnten. Worüber denn? Nach dem Verbrennen von Alfreds Tagebüchern und den häßlichen Abrechnungen hatte Ursula Steiner von keinem Mann mehr erzählt. Ihr, und wenn sie noch so selten zusammen waren, hätte sie doch bestimmt. Und war Alfred wirklich alleine schuld gewesen? Da lachte Ursula.

„Herr Beer, Sie sind so ruhig, man möchte meinen, die Nachbarsjungen hätten Sie verfolgt." Sabine fand den Mann immer widerwärtiger. Manchmal bedurfte es keiner Gründe, man spürte das, ein Unbehagen. Und wenn irgendwelche Jungen ihn verspotteten, spürten sie wohl auch, warum. Er antwortete nicht und lächelte nur verschmitzt, hatte die Hände überm Hosenbund verschränkt und drehte Daumen. Sie ging an ihm vorbei, um den Tisch herum und setzte sich neben Ursula.

„Übrigens verachte ich Menschen", sagte Ursula Steiner, „die nachher sagen: Ich hab getrunken, das war ja gar nicht ich."

Sabine bezog jedes Wort auf den Abend zuvor, und sie fand nur eine Bezeichnung für ihre Freundin: rücksichtslos. Die Zeiten änderten sich, nicht die Menschen. Da konnte sie noch so brav in ihrem Antiquariat sitzen. Wenn es drauf ankam, würde sie Bomben legen.

Paul Beer stand vor dem Tisch, hinter dem die Antiquarin neben der Rothaarigen saß, und kam sich fadenscheinig vor. Wie er dastand, von einem Bein aufs andere trat, nichts sagte, und stumm vor ihm die beiden Frauen, stumm und vorwurfsvoll. Der Blaufränkisch hatte ihn nicht verändert. Aber es ging um anderes. Hatte die Antiquarin der Rothaarigen von ihrem Abend erzählt? Und was, um Himmels Willen?

„Ich nicht. Mir tun sie leid."

„Das", sagte die Antiquarin, nahm einen Kugelschreiber, klopfte ihn auf die Tischplatte und zog eine Linie, „ist der Graben zwischen uns. Ihr Wort ist *weil*, meines *nein*."

Sabine Doleschal mußte an sich halten. Ihr war zum Heulen zumute. Wurde hier ihr Fall verhandelt? Sie stellte sich vor, ihre Freundin habe diesen Mann da, diesen blöden Lackaffen angerufen, vielleicht gestern noch, vielleicht heute morgen, und von ihrem Ausrutscher erzählt. Ja, sie war ausgerutscht, auf dem Brett eines läppischen Kinderspiels. Als hätte sie sich von den verschrobenen Spekulationen ihrer Freundin anstecken lassen. Was anderes hatte Ursi getan, als immerfort mit einer Figur zu ziehen? Und der da in seiner betonten Leichtigkeit: Wie viele Figuren nahm er gar nicht erst aus der Schachtel? Sie ärgerte sich maßlos über sich, sie hätte zu Hause bleiben sollen, und mehr noch ärgerte sie sich über eine Freundin, die ihr dergleichen antat. „In vino veritas", säuselte Beer, auf einmal, nach minutenlangem Schweigen, das vielleicht auch kürzer war, ihr jedenfalls kam es unendlich lang vor. „Das rechtfertigt den Wein, das rechtfertigt die Wahrheit." Lächerliche, erbärmliche Gestalt! Kam herein gefloskelt, floskelte sich weiter und floskelte hoffentlich ebenso schnell wieder hinaus. Was ging diesen Beer, der's augenscheinlich nicht vertrug, kein Bär zu sein, ihr Leben an?

Paul Beer tat es leid, ein lebhaftes Gespräch unterbrochen und eine unangenehme Situation geschaffen zu haben. Er wußte nicht warum, aber daß die beiden Frauen sich ohne ihn unterhalten wollten. Es war seltsam still. Die Anspielung mit den Buben im Park beruhigte ihn: Es blieb also bei der herbeigeredeten Vertraulichkeit. Er gab der Antiquarin seine Visitenkarte. „Ich freu mich", sagte er, reichte ihr die Hand, reichte sie der verstummten Rothaarigen, „alles Gute", und ging zur Tür. „Du, Ursi", hörte er beim Hinausgehen, „ich werde den Herrn begleiten, ich hab noch was zu erledigen. Danke fürs Buch."

Er wartete vor der Tür. Sie kam heraus, grüßte ihn knapp und stieg in einen roten Wagen. Beer blickte auf die Uhr. Er mußte nach Hause. Ein Botschaftsangestellter aus Namibia war zum Unterricht bestellt.

BESTELLT UND NICHT ABGEHOLT. Ein sehniger junger Mann, die langen Haare zu dicken Zöpfen verklebt, wartete vor einer U-Bahnstation auf einen

Bekannten, der ihn seinen Freund nannte und ihm eine größere Menge Marihuana bringen sollte. Blüten und Harz, leicht und schwer, Gras und Shit, je nach Stimmung. Woher er das gute Zeug hatte, blieb sein Geheimnis. Vielleicht kaufte er größere Mengen bei einem Händler. Vielleicht schmuggelte er es aus den Niederlanden über die Grenze. Vielleicht zog er die Pflanzen selbst, in seiner Wohnung, in der eines Freundes, mit Halogenlampen und allerlei Geräten.

Rainer wartete seit einer Stunde. Er trug eine breite Militärhose mit tiefen Taschen, zerrissene Sportschuhe, an denen seine letzten Jahre hafteten, und ein ausgewaschenes, einst blaues Gilet. Kaum ein Tag verging, an dem er nicht jene vollschlanke Frau und ihren bärtigen Mann sah, die ihn so bereitwillig auf ihrer Couch hatten übernachten lassen, Marianne und Josef, die so lustig gewesen waren und in ihm zum ersten Mal seit langem das Gefühl hatten aufkommen lassen, aus zwei Menschen könnte etwas Drittes, Fröhlicheres werden. Als er zwei Wochen später ihre Bilder unter Schreckensüberschriften in den Zeitungen und Magazinen fand, war er am Rande eines Nervenzusammenbruchs – und immer wieder darüber hinaus.

Drei Tage lang hatte er sein Zimmer nicht verlassen. Er hatte das Notwendigste gegessen. Er hatte keinen Anruf entgegengenommen. Er hatte sich vor der Polizei gefürchtet und seinen Kopf nicht als Drogendealer hinhalten wollen. Über all dem war das schreckliche, nicht zu besänftigende und nicht zu verscheuchende Gefühl geschwebt, diese Frau am Gewissen zu haben. Denn letzten Endes ging es ums Leben. Das wollte leben. Nicht mehr und nicht weniger. Nur war ein dreißigjähriges zu Ende, von einem Moment auf den nächsten, und ohne ihn wäre dieses Leben noch am Leben. Obwohl er unschuldig war. Schuld war die Dummheit, schuld war die Ignoranz, schuld war die öffentliche Meinung in einem entsetzlich rückständigen Land. Österreich. Was für ein Kasperltheater. Wieviel Selbsthaß. Wieviel Engstirnigkeit. Wieviel Angst vorm Unbekannten. Wieviel Minderwertigkeitskomplexe. Überall anders gefiel es ihm besser.

Rainer schrieb seinem Bekannten eine böse Kurzmitteilung und stieg in die U-Bahn. Vor ein paar Wochen war er vierundzwanzig geworden. Wann immer es ging, bereiste er mit einem Rucksack und wenig Geld das, was auf der stecknadelübersäten Wandkarte in seinem Kabinett einmal die Welt sein sollte. Wegkommen, Abenteuer erleben in diesem Heuhaufen, der die Welt war; vielleicht die Stecknadel finden, derentwegen es sich lohnte, noch einmal aus dem Nebel aufzutauchen, der die Konturen seines Leben zusehends verschwimmen ließ. Er übernachtete bei Bekannten oder Bekannten von Bekannten, quartierte sich in Jugendherbergen ein und schlief im Sommer im Freien. In einem Lied von Metallica hieß es *Where I lay my head is home*. So war es. Der Reiseführer seiner Generation hieß *Lonely Planet*. So war es auch.

Nicht die Sehenswürdigkeiten und Kulturerben, die ihm nichts sagten; die Menschen interessierten ihn, da wie dort, und Rainer meinte erkannt zu haben, wie wenig sie sich voneinander unterschieden. Einzig im Futter lag der Unterschied. Er verwünschte die Zeit, in der er lebte. Nichts schien ihm verächtlicher, als etwas zu werden. Er gehörte nirgendwohin, war kein Österreicher, kein Salzburger, kein Wiener. Das hatte nichts mit ihm zu tun. Das waren die anderen, Österreich, Salzburg, Wien. All das hatte nie eine Ahnung von

Heimat aufkommen lassen. Europa, auf einmal, blau die Fahne und gelb die Sterne, was war das? Nicht für ihn, wieder für andere, heiße Luft und Ministerlächeln, ein Angebot für die Jungen, Sprachen zu lernen, wie mit dem Computer umgehen, wie in der Wirtschaft aktiv werden und wie in der Werbung fürs Bestehende unterkommen. In ihm trieb sich ein dumpfes Gefühl um, daß das hier nicht mehr lange dauern konnte.

Man mußte nur die Nachrichten ansehen. Die Welt war ein Pulverfaß. Überall wandelnde Streichhölzer, die nichts mehr ersehnten, als ihre Missionen zu vollenden. Deswegen war seine Mission, sich rauszuhalten, mit all dem Irrsinn nichts zu tun zu haben. Wenn der große Knall kam, kam er ohnehin; dann wollte zumindest er ein wenig gelebt haben. Es gab keine Sicherheit in dieser Welt. Was wollten ihm seine Eltern erzählen? Wie sie lebten, in ihrem geradlinigen, gepolsterten Leben, das vielleicht nicht so öd war, wie er gern dachte, würden er und seinesgleichen nicht mehr leben können. Jeden Monat das Gehalt auf der Bank, jeden Monat die gleiche Arbeit, eine feste Anstellung, Kinder, Haus, Autos, Urlaub, Pension. Scheiße. Die Welt stand in Flammen. Der Traum war vorbei. Morgen konnte alles in sich zusammenstürzen.

Als an jenem elften September die Flugzeuge in die beiden Türme krachten, weinte er vorm Fernsehgerät über die vielen Toten und mehr noch über ihre Lieben; vielleicht auch, weil er einen Trip geschmissen hatte. Aber bald verabscheute er die Trauerheuchelei. Er kannte Plätze und Menschen, die eine schreckliche Gerechtigkeit eintreten sahen. Es lag ihm nichts an Politik und ebensowenig an großen Worten. Er hatte ein Leben. Das war hier und jetzt. Und er wollte nichts als leben. Obwohl er sich zerstörte. Nach einer durchtanzten und durchlächelten Nacht in einer stillgelegten Fabrik, in der einst Blut und Schweiß geflossen waren, und nun jede Minute die Polizei auftauchen konnte, jeder Blick den anderen sehnsüchtig nicht mehr losließ, ihn für immer halten und mit ihm verschmelzen wollte, erwachte er bisweilen irgendwo am späten Nachmittag und weinte. Stundenlang und fassungslos, und gestern noch ausgelassen und die Welt zu seinen Füßen. Auf dem Westbahnhof verließ Rainer die U-Bahn, schnelle Schritte, den Blick geradeaus. Um nicht alle paar Meter angeschnorrt zu werden, durchmaß er blind und taubstumm die Station, vorbei an den Säufern und den Drogensüchtigen, an den Bettlern vorbei und an den Punks, kein Geld für die Obdachlosenzeitung und kein Ohr für das wahre Evangelium, kein Interesse an der Révolution und keine Umweltliebe in Form einer Greenpeacemitgliedschaft, und wieder über der Erde fuhr er in einer vollgestopften Straßenbahn die Äußere Mariahilferstraße entlang.

Auf mittlerer Höhe stieg er aus und bestellte nach wenigen Schritten an einer Theke Cola. Niemand saß in dem schummrigen Raum. Die Kellnerin wog ihren Kopf zur Musik, sog an ihrer Zigarette, öffnete langsam die Flasche, klopfte die Asche auf den Boden, stellte das Cola auf die Theke, während ihr Blick sich schräg über Rainer in einem Musikvideo verlor. Rainer durchschritt den Raum und einen zweiten, der ebenso leer war, ging durch einen dritten, in dem süßliche Rauchwolken über einem halben Dutzend Menschen hingen, von denen einer einen unverständlichen Monolog hielt, und setzte sich mit seinem Getränk im hintersten Raum zwischen Billardtisch und Spielautomaten. Er war der erste. Es würde noch dauern.

EINE LANG ANDAUERNDE ZUGFAHRT VON AMSTERDAM BIS HINTER DIE ÖSTERREICHISCHE GRENZE. Nichts anmerken lassen, ruhig, gelassen, ganz selig erschöpfter Tourist mit Holzpantoffeln, Tulpenzwiebeln und Miniaturwindmühlen im Gepäck. Trotzdem hätte sein Äußeres Fahnder sofort die Hunde rufen lassen. Rainer aber hatte Glück. Sie konnten ja nicht jeden Zug kontrollieren. Keine Polizisten und keine Spürhunde kamen ins Abteil, seine Toilettetasche blieb unberührt, seine Auslagen behielten ihren Sinn. Nach der Grenze stieg er lächelnd aus. So konnte der Sommer beginnen.

Mit ausgestrecktem Daumen ging es quer durchs Land. Er übernachtete bei Bekannten, saß hier mit einem, lachte dort mit einer anderen. Seltsamerweise hatte er seine Freunde in der Ferne immer lieber. Er hantelte sich ostwärts. Nach Ungarn wollte er, Budapest sollte schön sein und billig, und irgendwie wie Wien, nur besser – mitten durch die Stadt die Donau, nicht bloß der braune Kanal. Einer, der ihn einsteigen ließ und gleichzeitig das Radio lauter drehte, weshalb Rainer seine Gesprächanknüpfungsversuche bald aufgab, hatte ihn an der Südautobahn aussteigen lassen, mitten im Irgendwo, von Steinamanger mit dem Zug nach Budapest sei schnell und günstig. Rainer trug seinen Rucksack einen halben Tag durch unbekannte Gegend. Niemand nahm ihn mit. Abends kam er in eine Kleinstadt, deren Namen er schon einmal gehört hatte. Oberwart. Woher, hatte er wie so vieles vergessen. Im Burgenland kannte er niemanden. Das war beinahe das Ende der Welt für ihn, der in Salzburg, auf dem Land aufgewachsen und nach Wien geflüchtet war, das ihm dennoch zu eng schien. Burgenland, das war der Neusiedlersee. Der Neusiedlersee, das waren Gelsen und Schlamm und warmes Wasser, und also auch nichts.

Nun war alles flach, bewaldet, kleine, sanfte Hügel, ein angenehmer Kontrast zu den Bergen und begrenzten Horizonten seiner Herkunft. Er würde in einem Park übernachten, wenn er einen fände. Das konnte unangenehm sein. Wie oft war er auf einem Revier gelandet, hatte sich ausweisen müssen, rechtfertigen, war durchleuchtet und im vernetzten Computer auf Einwandfreiheit abgeklopft worden. Genauso oft dachte er, man müßte alle Papiere und Dokumente verbrennen, alle Datenbanken löschen und wirklich ganz neu beginnen.

Auf einem Supermarktparkplatz sperrte eine junge Frau ihren gelben Wagen auf und öffnete den Kofferraum. Das *war* Marianne, schnelle Bewegungen, eine, die's immer eilig hatte. So begann, was so schnell nicht aufhören würde. Wie furchtbar, wie gurgelschnürend der Gedanke, fünf, auch nur zwei Minuten später gekommen zu sein, wegen Schuhebindens, Verschnaufens, sich Umsehens, weiß der Teufel weswegen noch; gar anders abgebogen zu sein, gegessen zu haben, oder oder oder – und alles wäre anders gewesen. Aber da standen schwere Einkaufstaschen auf dem Boden. Warum er immer Frauen ansprechen mußte. Jugendherberge vielleicht, Pension, irgendetwas Günstiges? „Gibt's net", sagte sie, ohne ihn anzusehen, es klang wie das „Hammanet!" im Geschäft, das gleichzeitig zur Tür wies. Da hätte er sich umdrehen und gehen sollen. Hatte ohnehin einen Ring am Finger. Hatte ohnehin zuviel Fleisch am Arsch. Aber er stand wie angewurzelt, sagte nichts, spielte mit seinen Zöpfen.

„Wenn Ihnen eine Couch recht ist", sagte sie, als ob es nicht ihre Couch wäre, „kommen'S mit." Diese gespielte Gleichgültigkeit. Vielleicht war der, der den anderen Ring trug, weg. „Das ist aber lieb." Manieren, das hatte er gelernt, artig sein, Hand geben, Tür öffnen. Also hob er ihren Einkauf in den Kofferraum, stieg ins Auto, sie fuhr los. Durch eine enge Gasse, vorbei an einer Kirche, die sie die reformierte nannte, über einen wasserarmen Fluß bis zu einem Einfamilienhaus mit frischgemähtem Garten.

Sie stiegen aus. Ganz selbstverständlich stiegen sie aus, als wären sie verabredet, als führen sie täglich gemeinsam einkaufen und dann nach Hause. Es roch nach Gegrilltem, aus geöffneten Fenstern drangen Abendnachrichten, die mit den Nachrichten nicht das Geringste gemein zu haben schienen. Jemand mähte Rasen, Vögel zwitscherten, Kinder tollten im Garten nebenan. „Da hinten liegt das Krankenhaus", sagte sie, bevor sie eintraten, als wäre das eine sight to be seen. Und da war der zweite Ring. Ein kräftiger Mann küßte sie auf die Wange und schaute ihn stirnrunzelnd an.

„Der Ärmste will nach Ungarn. Hat kein Dach überm Kopf. Soll er heut auf der Couch schlafen."

Rainer streckte die Hand aus, nannte seinen Namen, bekam ein „Josef" dafür und wurde zum Wohnzimmertisch dirigiert. Sie verschwand in die Küche, Josef holte zwei Flaschen Bier und stellte sie wortlos auf den Tisch.

„Erzähl mal."

Er schien überrumpelt, griesgrämig. Jemand, der zufrieden war, obwohl er wußte, alles könnte besser sein. Da hätte Rainer aufs Klo gehen und sich einfach davonstehlen können. Aber Josef wollte wissen, wo überall er herumkomme. Wie die Frauen aussähen. Was man trinke. Was man esse. Hinter seinem Bier versteckt, beobachtete er den Eindringling, der auf einmal neben ihm saß. Trank, lauschte, zog die Brauen hoch. Manchmal nickte er. Und Rainer spürte Josefs

Vorbehalte schwinden, sah sein Gesicht aufgehen, je lustiger und bunter er erzählte.

„Na!" Josef lachte. „Das gibt's ja net."

„Schon!"

„Willst mich papierln?"

„Ich schwöre!"

„Jetzt muß ich aber schaun, was da so lang dauert."

Das Zimmer war geschmacklos eingerichtet. Ein Springbrunnen aus rosa Marmorimitat neben dem Fernsehgerät, leise plätscherte das Wasser über den Stein, die Regale und Stellagen beherbergten einen kleinen Zoo. Da hielten Stoffteddybären rote Riesenherzen überm Bildschirm umschlungen, treuäugige Dackel auf dem Kamin lächelten unter Schleifen hervor, ein Elefant trompetete „Ich liebe dich" vom Regal, Katzen, Vögel und allerlei Plüschgetier einträchtig nebeneinander. An den Wänden hingen gerahmte Fotografien. Auf Betonstiegen die Braut in Weiß und der Bräutigam in Schwarz. Sein Körper paßte nicht in den Anzug, zu klobig die Hände, der Nacken zu breit, anders geschnitten der Josef. Josefs Arm vorm Sonnenuntergang am Meer um Mariannes Schulter. Josef beim Heckenschneiden im Garten, braungebrannt der nackte Oberkörper. Marianne mit roten Augen verlegen neben einem Tongefäß. Porträts strenger Großeltern im Sonntagsgewand, Gesichter, denen es zweidreimal im Leben Sonntag schlug.

Und während er noch überlegte, wo er da wieder gelandet sei, kamen die beiden mit großen Tellern aus der Küche. Schinken, Brot, Aufstriche, Gemüse. Sie aßen, lachten, plauderten mit offenen Mündern, Josef entkorkte eine Flasche Wein, schenkte reihum ein.

„Jetzt erzähl ich dir was. Dafür muß ich nicht um die halbe Welt reisen."

Marianne unterbrach. Zuerst mußte man ja die Straßenfeste schildern. „Ja, die sind unser Schild", sagte Josef, „und du bist ein Schildbürger", sagte Marianne. Sie lachten ein Lachen, das Rainer ausschloß, und das er gern mitgelacht hätte. Es klang unbeschwert. Im Sommer borgten sie Holztische und Bänke von der Feuerwehr aus, stellten sie im Garten eines Nachbarn auf, die Frauen buken Mehlspeisen, jemand grillte, da wurde getrunken und gelacht und gescherzt, manche mußten schon sehr sehr früh nach Hause oder dorthin geschleppt werden; je später es wurde, desto lustiger. Jener Nachbar schnappte diese Nachbarin, diese Nachbarin verschwand mit jenem in der Botanik, wie Josef sagte, am nächsten Tag wußte keiner etwas, obwohl alle wußten, was nur jeweils eine Person nicht wußte.

„Außer mir, ich bin brav."

Marianne malte sich ein unsichtbares Kreuz auf die Stirn, Josef schwieg, Rainer spitzte die Ohren.

Und auf einmal ist er mitten im Fest, sie hängen Girlanden auf und bunte Glühbirnen, stecken Fackeln in die Erde und entfernen alle spitzen Gegenstände vom Rasen. Auf dem Eisenberg schlichten die Männer Weinflaschen in die immer weiter nach unten sinkenden Kofferräume, Marianne rechnet alle Ausgaben zusammen, die man später teilt. Rainer hört von den Nachbarn nebenan, die etwas Besseres sind. Man lädt sie ein, trotzdem, mit denen wird man nicht warm, kalte Menschen, verbissen und zu. Schauen kurz vorbei, „schön habt ihr's da", trinken ein Gläschen, essen ein Stück, dann müssen sie sich auch schon wieder verabschieden. Sie, die feine Madame. Er, der Mann von Welt. „Es ist schrecklich, meine Herrschaften, man kommt nie zum Entspannen. Manchmal denk ich, Sie"– wie entzückend Marianne ihn nachahmt! – „Sie verstehen noch zu leben." Und Josef grinst wie ein Kind unterm Christbaum, das seinen Geschwistern die Geschenke wegnimmt.

„Jetzt kommt das Beste, wart nur."

Ein kleiner Umtrunk bei seinem Freund Albert. Er läßt die Hand umkippen, Rainer blickt in fragend an, „na umgetrunken haben wir uns", sagte Josef und ließ noch einmal die Hand zur Seite kippen. Josef spielt den Unternehmer, Albert die Madame, sie lassen die Nachbarn all das sagen, was diese niemals laut sagen würden, steigern sich immer mehr hinein, immer fanatischer, immer eindringlicher, bis der Unternehmer seiner Gattin von einer Idee erzählt, der glorreichen Idee, alle Nachbarn einzuladen, Wein und Most auszuschenken, Bruderschaft zu trinken, Schweinsbraten und Grammeln, ein Buschenschank der Sonderklasse.

„Wartet."

Diese Situation, hier, mit diesen beiden Menschen im Irgendwo, will er verstärkt erleben.

„Ich hab was zum Rauchen mit."

„Ich rauch nicht." (Josef)

„Ich auch nicht" (Marianne)

„Hab was Besonderes mit. Haschisch."

„Ich hab mit Drogen nichts am Hut." (Josef, die Arme vor der Brust verschränkt)

„Und was ist das?"

„Wein?"

„Und das ist keine Droge?"

„Na wirklich net." (Marianne, seinem Blick ausweichend)

„Zumindest ungesünder."

„Sagt wer?" (Marianne)

„Die Wissenschaft."

„Die Wissenschaft!" (Josef, die Hände überm Kopf zusammenschlagend)

„Außerdem wird niemand davon abhängig. Körperlich."

„Weiß ich nicht." (Marianne)

„Ihr kennt aber bestimmt viele, die vom Alkohol abhängig sind."

„Auch nicht gut." (Josef)

„In Holland gehst du ins Kaffeehaus, und wie du bei uns zwischen verschiedenen Strudeln wählen kannst, suchst du dir dort verschiedene Grassorten aus. Alles legal. Holland ist auch in der EU."

„Scheiß auf die EU."

„Und noch immer nicht vor die Hunde gegangen. Etwas, das in der Natur wächst, von Anfang an, wie Wein, seit Ewigkeiten verwenden es die Menschen für Rituale, zum Schmerzstillen. Und auf einmal verbietet man es. Wie sie in Amerika einmal den Alkohol verboten haben. Weil der Rausch zum Nachdenken führt, und das Nachdenken zum Dagegensein."

„Wenn ich rauschig bin, bin ich zufrieden, und die Welt kann mich am Arsch lecken."

Rainer sah sich in dem trostlosen Raum um, in den ihn seine Meinung geführt hatte, in einer Gegend, in der fast nur Ausländer lebten, bröckelnde Fassaden, heruntergekommene Lokale, schlechte Zähne und billige Kleider. Drei junge Männer spielten Billard, der Verkäufer war noch immer nicht da. Sie hätten beim Wein bleiben sollen, Josef hätte rauschig sein und die Welt ihn am Arsch lecken sollen – und alles wäre in Ordnung. Warum hatte er sie um alles in der Welt überzeugen müssen? Das war ihm doch sonst nicht wichtig. Aber in dieser Sache.

„Alles andere, Josef, dummes Geschwätz von Ahnungslosen, die sich vor sich selbst fürchten. Mehr als in dir drin ist, Marianne, kann bei diesem Rausch nicht rauskommen."

Hätte er es einfach sein lassen, sich selbst eine Tüte gedreht und basta. Eine Freude wollte er ihnen bereiten. Weil sie so nett waren. Weil er sie so amüsant fand. Weil ein lustiger Abend noch lustiger werden sollte. Dieses Noch! Nie hatte er genug gehabt, immer hatte etwas gefehlt, ein wenig noch, nur ein wenig mehr, dann erst wäre es vielleicht annehmbar. Was? Alles. Das war die schmerzliche Triebfeder seines Lebens.

„Ich hab's in Amsterdam gekauft."

„Von mir aus kannst du's auch in Bethlehem gekauft haben." (Josef)

„Das ist rein, riech."

„Aha." (Marianne)

„In Österreich machen sie aus eins vier. Jeder drekkige Dealer streckt das Zeug."

„Gratuliere." (Josef)

„War nur eine Idee."

„Was der Bauer nicht kennt, frißt er nicht." (Marianne)

„Dann hupf in Brunnen, das kennst ja auch noch nicht." (Josef)

„Ich weiß einen Kompromiß. Marianne, gehn wir in die Küche?"

Die weiße Einbauküche. Der saubere Holztisch. Die aufgeregte Marianne. Die verhängnisvollsten Haschischkekse seines Lebens.

Während die im Rohr stecken, erzählt Josef weiter, als wäre nichts geschehen. Samstagvormittag bleibt die Madame zu Hause, Albert und Josef basteln einen riesigen Buschen mit rotweißen Fetzen, den sie samstags, nachdem der Unternehmer mit seinem Sohn in den Betrieb gefahren ist, glucksend und Luft anhaltend an der Garage anbringen. Dann rufen sie ihre Freunde an, um elf Uhr öffnet ein neuer Buschenschank, wirklich, in ihrer Gasse, sie haben's auch erst erfahren, zwar für vornehmes Publikum, aber wenn ausgsteckt is, is ausgsteckt! Marianne wischt sich die Augen, Josef atmet tief durch, nur um erneut von einem Lachkrampf geschüttelt zu werden.

„Sag selber, Rainer, was is, wenn ausgsteckt is?"
„Ausgsteckt."
„Sehr richtig."

Josef will Wein nachgießen, „nicht soviel", sagt Rainer, faßt ihn am Handgelenk, „sonst wird das nachher nichts." Josef trinkt Mineralwasser.

Zwei Stimmen, zwei Figuren, ständig fallen sie einander ins Wort, lachen, blödeln, verbessern, daß es schwer fällt mitzukommen.

Wenige Minuten nach elf steigt ein gutes Dutzend Menschen aus mehreren Wagen, stehen innerhalb kürzester Zeit zumindest dreißig Leute vor der Tür, die Straße lückenlos zugeparkt, ein Buschen ja, aber alles zu, der Unmut wächst, das Murren wird lauter, sie klopfen an die Eingangstür, läuten Sturm, verschaffen sich kurzerhand, übers Gartentor kletternd, Zutritt; die Madame, als sie die Tür öffnen *muß*, starrt den Buschen an, schlägt die Hände vors Gesicht, stellt mit gequältem Lächeln einen Tisch mit einigen Flaschen Wein im Garten zur Verfügung, trägt mit aufeinandergepreßten Lippen Roten, Weißen, Wasser auf, und steht, mit den Tränen kämpfend, abseits, mischt sich leutselig unters Volk; eine Stunde später, keine zehn Minuten später, kommen Vater und Sohn mit quietschenden Reifen, seelenruhig um die Ecke gebogen, stehen ahnungslos, fuchsteufelswild vorm Buschen, während es die Angeheiterten, mittlerweile heillos Besoffenen lustig, irgendwo liebenswürdig finden, was für ein großartiger Schauspieler der Unternehmer mit einem Mal doch ist, so überzeugend spielt er den, der nichts vom eigenen Buschenschank weiß. Auf den Wirt! Auf die Wirtin! „Was denn", Josef ruft wie damals, Marianne lehnt ihren Kopf an seine Schulter und blinzelt Rainer zu, „Sie wissen von nichts? Ich bitte Sie, wird Ihnen ja niemand einen Buschen vors Haus hängen!"

Traurig sah sich Rainer im dunklen Hinterzimmer eines Lokals, in dem niemand aß und kaum jemand trank und das trotzdem nicht zusperrte, den Bauch vor Lachen halten und sich beglückwünschen, einen Abend wie diesen erleben zu dürfen. Da winkte ihn einer an den Billardtisch, stellte einen großen Plastiksack neben eine Waage, die zu seinen Gunsten geeicht war, was alle wußten und wogegen niemand etwas tun konnte. Rainer reihte sich hinter die drei Billardspieler, und als er einem jungen Jugoslawen einen Schein reichte, biß der ein Bröckerl von einem braunen Klumpen, legte es auf die Waage, biß noch ein Stückchen ab und kippte Rainer den Rest auf die Kante des Billardtisches. Noch immer in der Küche, noch immer auf dem Buschenschank, kramte er in seinen Taschen nach einer Schachtel.

„Oida, was is mit dir, tust bitte weita!"

IM KARGEN KABINETT, das sich seine Eltern als Studentenbude vorstellten, an dessen Wand neben der stecknadelübersäten Weltkarte ein mit „Nicht kiffen, Rainer!" beschrifteter Zettel hing, wurde Rainer weiter von seinen Erinnerungen gequält. Er konnte sie nicht mehr begeistert weitergeben, wie noch in Budapest, von wo er Josef und Marianne so gern eine Ansichtskarte geschickt hätte, hätte er bloß ihre Adresse gewußt. Hätte, würde, wäre – sein ganzes Leben war ein beschämender Konjunktiv. Trotzdem, wenn er nach Rumänien weitergereist wäre –

Er saß auf seinem Bett, die Arme um die Beine geschlungen. Das Haschisch zog ihn zurück und hinunter. War da etwas, das er hätte merken, etwas, das er hätte tun können? Nein und trotzdem! Immer und immer wieder, und vielleicht bis in seine Ewigkeit, tritt er strahlend mit dem versilberten Tablett ins Wohnzimmer, balanciert es wie ein blendend gelaunter Kellner in der Rechten knapp neben dem Kopf, die Linke auf dem Rücken, „Keine Angst", säuselt er, schiebt sich einen Keks in den Mund, „Monsieur", zwinkert Josef zu, „Madame", wirft Marianne einen Kußmund zu, schließt die Augen und schmatzt, bevor er die übrigen mit einem genäselten „Bon Appetit!" seinen Gastgebern reicht. Er tritt in den Garten, die Luft ist lau, ein sanfter Wind weht Waldluft an, Grillen zirpen, Motorengeräusche in der Ferne, dunkelblau der Himmel, von einem letzten leuchtenden Rot durchzogen. Sie sollen alleine sein und essen, wie und soviel sie wollen, gemeinsam das sanfte und allmähliche Einsetzen der Wirkung erleben, während er, der das längst nicht mehr kennt, einen Ofen raucht, sie nicht beobachtet, nichts dreinredet, allein steht in der Welt, in der er allein ist. Der Schäfer wedelt mit dem Schwanz, möchte mit ihm spielen, Rainer krault seinen Kopf, es ist noch nicht spät, außer zweidrei beleuchteten Fenstern nirgendwo Licht. Ein Glückspilz steht im Garten, genießt den Sommerbeginn und grinst. Er ist niemandem Rechenschaft schuldig. Nicht einmal sich selbst.

Und dann, als er zurückkommt, lachen die beiden wie kleine Kinder, albern und überdreht, als wären Welt und Leben ganz anders; sitzen ganz nah aneinander, beinahe berühren sich ihre Nasenspitzen, sie reden laut und lachend aufeinander ein, als lernten sie einander gerade erst kennen und wollten das Gegenüber unbedingt für sich einnehmen. „Schau dir das an!" ruft Josef, zeigt kopfschüttelnd auf ein Plüschtier, klopft sich die Schenkel, beide lachen über den Elefanten auf dem Kamin, als hätten nicht sie ihn ins Haus geholt, „Horch!", ruft Marianne und legt eine Hand ums Ohr, „horch!", im Garten bellt der Hund, irgendwo fahren Autos über Straßen, es kommt ihnen merkwürdig vor, daß jemand in einem Auto sitzt und ein Ziel ansteuert. Wie seltsam, wie öd. Wer da wohl drinnen sitzt, wohin es geht, und warum? „Unsre Nachbarn", Marianne grinst, „ein wichtiger Termin, herrjegerle!"

Ein großartiger Abend, erfrischend und ausgelassen. Rainer fühlt sich wohl wie lange nicht mehr. Reibungslos bauen sie ihn in ihre Heiterkeit ein, tauschen Anekdoten aus, lachen, scherzen, empören sich. Marianne springt auf, stellt unendlich komische Szenen nach. Sie grimassiert, verrenkt ihre Glieder, läßt die Stimme spielen, hoch und tief, laut und leise, Mann und Frau, Nachbar und Nachbarin. Josefs aberwitzige Geschichten, eine unglaublicher als die andere, er zerrt Marianne und Rainer in sie, vollgepackt mit nie gehörten Namen und Orten, ein ums andere Mal verliert er den Faden. „Gibt's das! Werd ich blöd von dem Zeug, oder was? Ach, scheiß der Hund drauf." „Laß unsre Maria aus dem Spiel", Marianne boxt seinen Oberarm, „jetzt ist erst eine Stunde vorbei, und mir kommt's wie ein ganzer Abend vor!"

Und Rainer sagt: „Kostet jetzt den Wein."

Der schmeckt auf einmal anders, er trinkt selbst ein paar Schlucke und erzählt lustige Geschichten aus seinem Leben, die er bis dahin gar nicht lustig gefunden hat. Irgendwann werden die beiden müde, sie blicken einander warm an, lassen ihre Hände zärtlich ineinandergleiten, beginnen Küsse auszutauschen, als wäre ihm das ohne weiteres zuzumuten, stehen auf, er legt sich aufs Sofa. Sie wünschen ihm eine gute Nacht, Marianne bringt Decke und Polster, „schön war's", sagt sie, „gute Nacht", antwortet Rainer. Auf einmal stimmen ihn die Plüschtiere traurig; vielleicht stimmt ihn auch das mühsam unterdrückte Stöhnen und Keuchen aus dem Schlafzimmer traurig. Er zieht die Decke über den Kopf, spürt, wie müde und benommen er ist, kann beides nicht mehr auseinanderhalten und schläft rasch ein.

Am nächsten Morgen wird er früh geweckt, Josef und Marianne müssen los. Sie sehen vergnügt aus, fühlen sich munter, ermuntern ihn, wann immer er wieder vorbeikomme, abermals bei ihnen zu übernachten. Einen Toast in der Linken, einen Kugelschreiber in der Rechten, kritzelt Rainer das Rezept auf die Hinterseite einer Reklamesendung und reicht es mit einem rotbraunen Stückchen Marianne.

Hier, spätestens hier, hatte er etwas getan. Rainer stand auf, beutelte seinen Kopf gegen einen jähen Schwindelanfall, schüttelte ihn weiter und weiter, hätte ihn am liebsten solange geschüttelt, bis nichts mehr darin war, und trottete ans Fenster, das auf einen Lichthof ging. Üblicherweise gab er nicht gern etwas her. Er spuckte aus dem Fenster. Und gerade Leuten, die ihn nicht baten, nicht anbettelten, kein Geld oder was immer boten, die er hatte überreden müssen. Denen schenkte er Haschisch.

Sie verabschieden sich herzlich, seit er aus Budapest zurück ist, verabschieden sie sich herzlich, umarmt

Josef Rainer, küßt Rainer Marianne die Wange links und die Wange rechts und dankt noch einmal für die Couch, das Essen, den fröhlichen Abend – aber diesmal nicht aus Höflichkeit. Am Nachmittag ist er in Steinamanger, am Abend in Budapest, die beiden Gesichter verblassen viel langsamer als sonst. In Wien zurück, nach schönen Tagen in der Stadt, durch die tatsächlich die Donau fließt, schlägt er zufällig eine Zeitung auf und meint auf der Stelle zu vergehen.

AUF DER HOLZTAFEL IN PAUL BEERS WOHNZIMMER LAG EIN STAPEL ZEITUNGEN. Den verdatterten Eintrittsblick der Antiquarin hatte Beer mit einem Fingerzeig auf den riesigen Eßtisch beantwortet.
„Bei den strenggläubigen Juden bleibt ein Platz für den Propheten frei. Ich warte auf mehrere."
Ursula Steiner war von den Ausmaßen der Wohnung, die etwas Feierliches an sich hatte, überrascht. Gebeizte Holzschränke und schöne Regale standen neben unaufdringlichen Vitrinen auf hellem Parkettboden voller Bücherstapel, die erst kürzlich in die Ecken verschoben worden waren. Alles in dieser Wohnung erschien großzügig und lud zum Ausruhen ein. Einzig an einer Fotografie hatte sie Anstand genommen. „Die Eltern, aufgehängt oder zur Kontrolle?" Paul Beer hatte milde gelächelt. „Weder noch. Meine Kindheit war ein Paradies. Diese beiden haben vielleicht anderes von mir erwartet, aber ließen mich dorthin gehen, wo ich heute, wo ich jetzt gern stehe. Und an die Wahrheit, von der aus die Stachel im Rückspiegel erkannt werden, kann ich nicht mehr so recht glauben. Selbst wenn alles ganz anders war, war es

in dem Moment, wie man's erlebte." Es hatte keinen Sinn. Beer meinte seinen Weg und Notwendigkeit wie Folgerichtigkeit der Abzweigungen zu durchschauen. Nach gebratener Forelle mit Petersilkartoffeln saßen sie auf dem Balkon, der den Blick auf einen kleinen, dichtbebaumten Park mit Kinderspiel- und Sportplatz, mit Bänken und Springbrunnen, auf die Lichter und Konturen der Inneren Stadt freigab. Auf dem Tisch zwischen ihnen brannte eine Kerze gegen Gelsen, sie saßen mit dem Rücken zum Wohnzimmer und mit den Köpfen Richtung Stadt. Grillen zirpten in den alten Bäumen, aus dem Efeu, das die Hausfassade überzog, summte es unentwegt. Beim Essen, das sie weit von einander entfernt an den beiden Kopfenden des langen Tisches eingenommen hatten, hatte die Antiquarin ihrem Lieblingskunden von ihrem Geschenk, der englischen Erstausgabe von *Empire* erzählt. „Darüber müssen wir uns unterhalten. Obwohl ich oft genau murmelte" – sie hatte sein Murmeln vor ihren Regalen nachgeahmt, war sich wie er durchs Haar gefahren, was ihn zum Lachen gebracht hatte – „mußte ich damit kämpfen. Und weil alleine kämpfen nicht im Sinn der Sache ist, voilà, das neue Manifest. Ich weiß nicht so recht. Immerhin weisen die Autoren einen Weg aus dem zwanzigsten Jahrhundert." Sie hatte ihre Stimme gesenkt und hinter vorgehaltener Hand geflüstert: „Sie führen gar das Wort Kommunismus auf den Lippen."

Beer öffnete die zweite Flasche Rotwein und prostete der Antiquarin zu. Im Nebenhaus ging ein schwaches Licht an, ein zitterndes Donnern war zu hören.

„Wie hätte man dieses Geräusch vor dem Maschinengewehr genannt?"

„Entsetzlicher Durchfall?"

Sie kicherten, wischten sich mit den kleinen Fingern die Augenwinkel, das Fenster wurde geöffnet, das Licht ging aus, unbeeindruckt nur die Grillen.

„Sie erinnern sich an Josef Kelemen, der auf der Bezirkshauptmannschaft seinen Namen ändern läßt?"

„Ich nehme an, er heißt heute Franz Schwarz und ist Ihre oberste Instanz in Sachen Fußball. Wissen Sie, die klammheimliche Freude, mit der Sie etwas tollpatschig seinen Dialekt und den derben Vorstadtschmäh nachahmen, irritiert mich. Indem Sie den Underdog feiern, feiern Sie die Verhältnisse, die ihn dazu machen." Sie führte das Glas an den Mund, trank langsam, Beer wiegte den Kopf. „Dieses Volk, mein Lieber, will ich nicht im Rücken haben. Es hat noch immer Messer in der Hand und würde seine Zahnbürsten schon wieder zur Verfügung stellen. Wenn ich in Ihr Beisel mit dem Papagei trete, pfeifen mir fünf nach und drei fassen mir an den Arsch. Lassen Sie sich das gesagt sein!" Beer steckte sich eine Zigarette an – das kannte sie schon. In kleinen Stößen ließ er den Rauch aus der Nase strömen und rieb sich das Kinn.

„Ich gebe nur wieder, was ist. Andernfalls sage ich bloß, was ich denke."

„Wäre mir manchmal lieber." Sie stieß ihr Glas gegen seines.

„Darf ich trotzdem fortsetzen?"

„Ich bitte darum."

„Anfangs", sagte Beer und folgte mit seinen Augen einem halbnackten jungen Mann, der in einer verglasten Dachgeschoßwohnung auf und ab ging, „erzählt er mir von seiner Heldentat im Happelstadion, wie allen anderen auch. Vielleicht eine Woche später vertraut er mir, was man auch nicht jedem verrät, ein existentielles Erlebnis beim Zeitungslesen an, wo er aufs allgemein Menschliche regrediert – der König, der Sklave, alles nur Menschen. Dann kommt, was ich Ihnen jetzt erzählen will und ihn in ein Büro der Bezirkshauptmannschaft zur Namensänderung führt."

Beer wollte nachgießen, Steiner spreizte die Finger überm Glasrand zu einem V und lachte.

„Danke, ich trinke ja nichts mehr."

„Die Geschichte geht mir sehr nahe."

„Weil sie so fern ist?"

„Mag sein. Jedenfalls, Josef und Marianne hatten geheiratet, er war dreiundzwanzig, sie neunzehn. Wie sie miteinander umgingen, weiß ich nicht. Er scheint sie geliebt zu haben. Ja, geliebt. Sie war Krankenschwester, er Setzer, erst wohnten sie in einer Siedlung, bauten dann ein Haus, im Garten schlief der Hund in einer großen, selbstgezimmerten Hütte, in Holzlettern stand *Villa Maria* überm Eingang. Allerdings war die Hündin ein Hund."

„Das Unbehagen der Geschlechter."

„Die beiden hatten einander, obwohl aus derselben Stadt, bei einem Feuerwehrfest in Mariasdorf kennengelernt. Oder sagen wir so: Es war ihnen übel, besser gesagt, sehr sehr übel, und in dieser dem Alkohol geschuldeten Übelkeit trafen sie etwas abseits, das heißt näher an der Natur als an den Menschen aufeinander. In guten wie in schlechten Zeiten, hat Schwarz einmal gesagt, und bei ihnen hat es mit den schlechten begonnen. Zur Erinnerung wird der Schäferhund Maria getauft. Kleine Leute also in einer Kleinstadt, in der eine lächerliche selbsternannte Elite aus Akademikern und Lokalrepräsentanten und Kleinunternehmern und Ärzten und Neureichen High Society und Golf und Kultur spielt – bessere Gesellschaft, zur besten reicht es nicht. Es ist wie mit dem blauen Führer. Zwar mag er viel umhergekommen sein; in Wirklichkeit ist er der dumme Bub vom Land geblieben, der immer gern so rüde wie die verwegensten Dorfburschen mit den großen Mopeds und den willigen Mädchen auf dem Hintersitz gewesen wäre, und der nur über den Tellerrand blickt, um die eigene Suppe zur einzigen zu erklären. In dieser Suppe feiern Josef und Marianne feuchtfröhliche Feste mit ihren Nachbarn –"

„Denen vielleicht ähnliche Laute wie unseren entweichen."

„Man hat Spaß und genießt die Löffel, die einem zugestanden werden. Am Sonntag Ausflüge in die Umgebung, wechselseitige Einladungen, unter der Woche, wie Schwarz sagt, also unter sie gebeugt, arbeiten sie, am Samstag Fußball, wenn's gefällt, eine kleine Radtour oder einfach faulenzen. Die Nachbarsleute sind zumeist in Mariannes und Josefs Alter, man hat ungefähr zur gleichen Zeit Häuser gebaut, ausgeholfen, einander mehr oder weniger liebgewonnen. Nebenan aber wohnt eine Familie der besseren Gesellschaft, große Autos, schicke Kleider, in einem ebenso teuren wie geschmacklosen Haus. Gibt es ein Konzert, geht man ins Konzert; findet eine Ausstellung statt, zeigt man sich kurz; wird ein Geschäft neu eröffnet, ist man unter den Gratulanten; man kennt den Bürgermeister und grüßt die Politiker egal welcher Couleur –"

„Zwischen Rot, Schwarz und Blau verschwimmen die Grenzen ohnehin nach rechts."

„Unsre beiden haben wieder einmal ein Straßenfest auf die Beine gestellt, das sich nicht lang auf denselben hält, und selbstverständlich auch den Unternehmer mit seiner Gattin eingeladen. Nicht den Sohn, den nicht. Der fühlt sich beinahe als Aristokrat, im Gymnasium nannten ihn die Dorfkinder ein Vaserl, jetzt trägt er den Kopf hoch, weil unten der Wind weht, und in der Stadt bekommt er's mit der Angst zu tun. Ein Mädel aus Hietzing wird er schon noch erwischen, hoffentlich, sonst nimmt er das vom Richter."

Ursula Steiner verschluckte sich, Beer klopfte ihr sachte auf den Rücken.

„Danke. Sie leiden herzerfrischend!"

„Herzerfrischend? Hört man gern. Unternehmer und Gattin schauen der Höflichkeit halber auf einen Sprung beim Gesindel vorbei, das lacht und trinkt und sich eindeutig zweideutig neckt, weswegen von denen immer mehr nachwachsen als von denen, die eigentlich für Nachwuchs sorgen sollten. Marianne und Josef wollen aber auch mit ihnen können. Sie wohnen da, was ist denn das für eine Gemeinschaft, wenn nicht einmal Nachbarn miteinander auskommen? Das Unheil beginnt mit einem jungen Menschen, einem dieser verzweifelten, horizontlosen Wesen, deren Sprecher, die heute für niemanden mehr sprechen wollen, weil in der direkten Demokratie ja jeder –"

„Und jede –"

„Für sich selbst einsteht, von Seattle bis Genua ziehen und dem McDonald's wie den Banken zurecht die Scheiben einschlagen. Keiner, dem der finstere Kleinbürger Bett und Logis anbietet. Der geht nämlich auf die Toilette und ruft im Vorzimmer die Polizei, wenn einer mitten in der Unterhaltung Haschisch aus der Hosentasche zieht. Weder Josef noch Marianne rauchen Zigaretten, Marihuana kennen sie einzig als gerades Gleis zum Moor und zur todbringenden Spritze im Arm, nachdem die gutmütigen Eltern ausgeplündert und teilweise ermordet wurden – und wenn die Großeltern noch leben, geht es auch denen an Kragen und Geldbeutel. In den Diskotheken lauern große Unbekannte, die, ehe man sich's versieht, während man auf dem Klo ist, Drogen ins Getränk mischen, wovon man süchtig und, Teufelskreis, zur ewig wiederkehrenden Rückkehr gezwungen wird. Der junge Mann, der so anders ist, als sie es jemals waren, ist freundlich und erzählt von der Welt, die er bereist. Den Odysseus kennt er nicht und nicht die Bibel; Picasso war ein verrückter Maler, und van Gogh hat sich im Rausch das Ohr abgeschnitten; Europa schließt die Grenzen, und ansonsten hat es Kriege gegeben und Feldzüge, was heute im Großen und Ganzen vorbei ist; zumal auf dem Müllhaufen der Geschichte Marx einen Sohn, und nicht einen Bastard namens Stalin gezeugt hat."

„Mit Lenin?"

„Mit sich selbst, nehme ich an. Also spricht er von fetten Plätzen, geilen Bauten und strangen Menschen. Aber er will raus und etwas kennenlernen, der Papa zahlt, und wenn nicht, schlägt er sich irgendwie durch. Doch der Raster ist ein anderer. Unser Kanon, unsere Bücher und die unsrer einstigen Feinde sind ihm völlig unbekannt. Groß geworden ist er vorm Fernseher, im Kino regierte Hollywood, die Musik kam aus der Hitparade und ihrer B-Seite, der Rebellionsschublade – das ist der Kanon. Heute stellt er sich dagegen, sieht andere Filme, die trostloser sind als ein beim Wort genommener Thomas Bernhard, hört seine Musik, jeweils zur Droge passend, und lacht über die Dummköpfe in den schwachsinnigen Talkshows auf allen Kanälen. Nur Thomas Mann hat so Geschichten geschrieben, Goethe zählt immer dreihundert Jahre, und Büchner ist in seinem Alter gestorben, hat aber nie gelebt!"

„Ein Freund der Jugend." Die Antiquarin lachte. „Wie Becher Brecht ins offene Grab nachruft, um den alle Mütter des Sozialismus weinen."

„Genau, Brecht hat Theaterstücke geschrieben und Gedichte, nur mußte man die in der Schule auswendig lernen, diese verdammten gelben Reclamhefte, und den Lehrern, die keine Ahnung haben vom Leben, tut man ohnehin alles zum Fleiß. Wie auch immer, dieser Rainer erzählt ihnen allerhand Aufregendes aus der großen Welt und zieht das Haschisch aus der Tasche. Er erklärt ihnen, wie das so ist mit dieser Pflanze. Die beiden werden neugierig. Sind das die finsteren Kleinbürger, schon rein genetisch zum Nazi prädestiniert?"

„Hab ich das gefragt oder Sie sich?"

„Man muß es sich fragen." Beer stockte kurz. „Jedenfalls bäckt er Haschischkekse, sie essen sie gemeinsam, ein aufregender Abend. Am nächsten Tag bricht der junge Mann Richtung Budapest auf – er hat ihnen das Rezept aufgeschrieben und ein Stück Haschisch zurückgelassen. Mensch, war das eine Hetz gestern! Sie können noch immer nicht fassen, was mit ihnen passiert ist. So offen alles, Augen, Ohren, Nase, Denken. Und wenn sie's gestern so lustig hatten, wenn sie einander so vertraut erschienen, wenn sie einander derart zugeneigt waren, wenn selbst der etwas langweilig gewordene – wie sagt Ihr Mann aus Kaliningrad? – wechselseitige Genuß der Geschlechtsorgane aufregend und intensiv verspürt wurde, dann konnte man die Nachbarn einladen, ihnen ein Dessert kredenzen und vielleicht endlich Freundschaft schließen. Zweimal haben die schon abgesagt, beim dritten Mal geht's nicht mehr. Das ist zu unhöflich, die Nachbarn sind potentielle Kunden."

„Genau das haben wir uns immer gefragt. Was passiert, wenn man Reagan LSD unterjubelt?"

„Das ist ungefähr die Situation. Und wenn die Sache nicht so ernst wäre, würde ich jetzt ein Stück Weltliteratur paraphrasieren."

„Die Kunst ist heiter. Also bitte."

„Vielleicht so." Paul Beer rieb sein Kinn. „Viele Jahre später sollte sich der ehemalige Setzer Franz Schwarz vor einer Fotografenmeute an jenen fernnahen Tag erinnern, als ihn seine Frau im Vorzimmer zum letzten Mal aus erloschenen Augen anstarrte."

„Aus erloschenen Augen starrt niemand jemanden an."

„Ich bin auch nur Paul Beer. Wenige Stunden vor den erloschenen Augen, die niemanden anstarren, wurde das Abendessen aufgetragen. Seither ißt Josef undoder Franz keine Rindsrouladen mehr. Die Nachbarn sind gekommen, sehen sich um, stoßen einander an, wenn Josef und Marianne in der Küche sind, wie man so geschmacklos sein kann. Josef öffnet eine Flasche Wein. Der ist bestimmt nicht erlesen genug, es kommt ja auf den Preis an, und das ist ein Hochgefühl, dieses Wissen, hundert Euro zu trinken, das hohe A, wenn man wüßte, daß es so etwas gibt. Man trinkt auf gute Nachbarschaft, ein gequältes Gespräch, Josef nascht lieber von den Vorspeisen, mit vollem Mund soll man bekanntlich nicht reden. Unsere beiden sind eingeschüchtert, kleinlaut, in ständiger Angst, das Falsche zu sagen. Und natürlich sagen sie ständig das Falsche, das Gespräch läuft ja nach den Regeln der anderen, die sie nicht kennen. Endlich steht das Essen auf dem Tisch, da hat man wieder was im Mund, sollen die reden. Denen schmeckt's fabelhaft –"

„Um nicht zu sagen: phantastisch!"

„Das ist echte Hausmannskost, und wenn die Gattin einmal mehr Zeit hat, derzeit geht's wieder drunter und drüber, wird man sie natürlich zurückeinladen."

„So gut kann ich aber nicht kochen. An Ihnen ist eine Haubenköchin verloren gegangen."

„Man spricht über Fußball, über den Stadtverein, unverfängliche Themen, und trotzdem ist da ein Graben. Dann kommt Marianne mit einem versilberten Tablett aus der Küche. Die Freundschaftskekse, ein altes Rezept der Mama, aller guten Dinge sind drei. Iß Freundschaftskekse, hat die Mama immer gesagt, und du wirst ein anderer Mensch. Und was, sagt der Unternehmer, wenn man gar kein anderer Mensch sein will? Aber einer Haubenköchin kann man das Dessert nicht abschlagen, also essen sie die Kekse. Wie gut die schmecken."

„Mir haben sie auch immer geschmeckt." Ursula Steiner stand auf. „Wo ist denn die Toilette?"

„Warten Sie, es ist dunkel, wegen der Gelsen, kommen Sie."

Sie traten ins Wohnzimmer, Beer knipste das Licht an. Sie blickten einander lange an, sagten nichts.

„Ich muß das so ausführlich erzählen."

„Ich weiß, aber ich muß wohin. Wohin?"

Beer schritt durchs Wohnzimmer, das seitlich in einen Korridor mündete, und von dort in den Vorraum. Steiner folgte ihm. Er blieb stehen, machte ein Licht neben der Eingangstür an und öffnete die Klotür.

„Sie finden zurück?"

„Ich finde zurück".

Sie verschloß die Tür, Beers Schritte entfernten sich. Wenn sie die Augen schloß, drehte sich etwas in ihr.

Beer stand an der Balkonbrüstung, der Wind wiegte die Bäume im Park, es war spät geworden. Hoffentlich blieb sie noch. Das hatte er an dieser Stelle schon oft gedacht. Hoffentlich bleibt sie noch. Und irgendwann waren alle, die einmal oder immer wieder geblieben waren, nicht mehr gekommen. Sein Vater, seine Mutter, damals, hier, an dieser Brüstung, in diesen Zimmern – waren die tatsächlich immer nur miteinander ins Bett gegangen? Wie er sie bemitleidet hatte dafür. Der Rückspiegel. Die Wahrheit. Alles anders? Er hörte die Spülung, die Tür, unregelmäßige Schritte, schon kam sie, welche Sie?, aus dem Wohnzimmer.

„Ist Ihnen kalt?"

„Wird Ihnen von diesem Rotwein kalt?"

Vielleicht sollte er ihr das Duwort anbieten. Sie setzten sich wieder, Beer, Tisch, Steiner, stießen die Gläser gegeneinander, wünschten einander Wohl, die Früchte vom Baum des Lebens, den Kommunismus, das innere Glück, die Erleuchtung und dergleichen mehr. Eine Zeitlang saßen sie einfach nur nebeneinander.

„Aber die schmecken nicht nur gut, die tun gut. Unseren beiden, wohlgemerkt. Die werden lustig, fröhlich, kauzig, scherzen wie am Abend, als Rainer die Kekse für sie buk. Die anderen aber, die werden noch steifer. Sie versinkt in sich, ist gereizt, fast paranoid, fühlt sich ständig angegriffen. Er weiß mitten im ausufernden Satz nicht weiter, wird langsam, wo er doch so schnell ist. Was ist denn los? Auf einmal? Die viele Arbeit, überanstrengt, müde. Josef hat eine Frage, unterm Tisch stößt er Mariannes Bein. Immer nur gefragt. Ja, wie soll er sagen, diese Geschichte, diese merkwürdige Geschichte mit dem Buschenschank. Was war das? Was das war! Eine Gemeinheit war das, irgendwelche neidigen Scheusale haben sich einen Spaß mit ihnen erlaubt, plötzlich stehen Wildfremde vorm Haus, wollen hinein, da soll ein Buschenschank sein. Und wie Josef und Marianne jetzt einsetzen, wie sie einhaken, wie sie nachfragen, manche sollen da im Garten ja recht garstig gewesen sein, läßt sie aufhorchen. Waren die wirklich nur zufällig unter den anderen gesessen? „Wird Ihnen ja niemand einen Buschen vors Haus hängen." Das hat Josef damals geschrien. Sie wissen nichts mehr bestimmt, alles kreuz und quer im Kopf. So kann man sich nicht fühlen. So hat man sich noch nie gefühlt. Wo käme man da hin, wenn sich alle so fühlten? Und Marianne? Trinken'S einen Schluck Wein, sagt sie. Wie schmeckt er, schmeckt er nicht anders? Warum soll der Wein plötzlich anders schmecken? Aber er schmeckt wirklich anders. Da geht die Unternehmerin aufs Klo, unsicher geht sie, bleich ist sie. Wird Ihnen ja nicht von unsren Keksen schlecht geworden sein! Aber nein, zuviel Streß, morgen geht's wieder besser. Was du heute kannst besorgen, mußt du morgen keinem borgen. Sagt Marianne, die Gattin auf dem Klo, er sitzt da und weiß nicht mehr, wo er ist. Und vorm Haus lauern Kazorgen. Sagt Josef, erfindet irgendeinen Schwachsinn über Tiere, die Kazorgen heißen, wie Geckos, aber dreiviertelgesichtig, sehr gefährlich, ansteckend, solche Sachen. Da steht der Unternehmer auf, er muß auch dorthin, wo selbst der Kaiser zu Fuß hingeht, richtig ansteckend ist das, nicht wahr? Was redet er da für einen Stumpfsinn? Das ist ja nicht er. Was ist da in ihm? Mit diesen Fragen trifft er seine Frau im Vorraum. Du auch? Seltsam? Wie hinter einem Schleier? Und gleichzeitig so intensiv alles? Die wollen uns vergiften, was heißt, die haben uns schon vergiftet, uns Großkopferte, uns feine Pinkel, uns weiß der Teufel was noch. Da kommt Marianne in den Vorraum, sie macht sich Sorgen, etwas ist schief gegangen, sie muß ihnen die Wahrheit sagen. Wegen der Kekse, ich wollt nur sagen, ich hab da –"

„So, mein Lieber, es reicht." Ursula Steiner setzte sich auf und stellte ihr Glas nieder. „Womit? Messer? Vase?"

Beer zog eine Zigarette aus der Schachtel, steckte sie an, sog den Rauch tief ein, leerte sein Glas und sagte: „Mit bloßen Händen und einem unglücklichen Sturz. Steintruhe, Hochzeitsgeschenk, Hinterkopf an die Kante. Aus."

EIN Bild war es, vor dem Paul Beer in wenigen Augenblicken zum dritten Mal stehen würde. Gerahmt und vielbesprochen, verziert mit abenteuerlichen Geschichten, in den grellsten und buntesten Farben ausgemalt, hatte er es zum ersten Mal in Manfreds Lokal gesehen, damals, am Beginn dieser seltsamen Reise in ein fremdes Leben, als er zu Fuß vom Wilhelminenberg, wo er auf der Terrasse des Schloßcafés einen Cappuccino getrunken und eine Geliebte verloren hatte, durch Ottakring spaziert war und sich in einem wollüstigen Anfall von Selbstmitleid mit dem festen Entschluß zum hemmungslosen Besäufnis in einem schäbigen Beisel an die Theke gestellt hatte.

Als er seinem Entschluß schon sehr nahe und dem Selbstmitleid immer ferner war, hatte er große Ohren bekommen. Der unscheinbare Mann, der wie Jesus beim Letzten Abendmahl inmitten der anderen Männer merkwürdig zu strahlen schien, war der, von dem er in der Zeitung gelesen hatte. Beer hatte sich noch einen weißen Spritzer geben lassen, war zum Tisch gegangen und hatte gesagt: „Sie haben sich also in die Geschichte gestohlen." Auf einmal war es sehr leise gewesen, die Apostel hatten sich ihm zugewandt, und der Mann mit dem unsichtbaren Heiligenschein hatte gemeint: „So hab ich das noch gar nicht gesehn."

In den Erinnerungsräumen des traditionsreichen Fußballklubs waltete eine andere Atmosphäre. Beer kam sich wie auf einem heiteren Friedhof vor. Junge Männer und alte Herren spazierten auf und ab, belebten Erinnerungen neu, „Das muß vierundfünfzig gewesen sein", „Nein, zweiundfünfzig", „Willst du mir was erzählen?", sprachen von den Abgebildeten wie von guten alten Freunden, ab und zu ging eine Frau, hin und wieder ein kleines Kind an Papa- oder Mamahand an ihm vorbei.

Paul Beer hatte sich nie viel aus Fußball gemacht. Konkurrenzkampf als Spiel, Früherziehung im Manichäismus, freie Welt gegen geknechteten Ostblock, gesunder Sozialismus gegen dekadenten Westen, überall himmelschreiender Nationalismus, der das Tor für Rassen- und Kulturerklärungen der miesesten Sorte aufstieß. „Es gibt ein Lied, Frau Steiner", sagte er im langsamen Vorbeigehen an den Schwarzweißfotografien zu sich selbst, „von Billy Bragg, in dem er singt, wie seltsam auch immer es anmute, früher habe er stets seine Fußballträume gehabt. Nur, Frau Steiner, darf ich Sie Ursula nennen? – ich bin Paul, das wissen wir ohnehin –, dann singt er: ‚But I was always the last one, the last to get chosen, when my classmates picked their teams.'"

So war es. Während er Fußballer mit Anzügen, Taschenuhren, Lederkoffern und Hüten betrachtete, schlug es Turnunterricht im Gymnasium, der Lehrer brachte den Ball, alle standen auf dem Rasen, die zwei Besten wählten ihre Teams. Beer blieb über. Jedesmal blieb er über, auch wenn zweidrei mindestens so ungeschickt waren wie er. Nicht etwa, daß er als letzter noch aufgerufen worden wäre; im Gegenteil, ein jeder stand rechts oder links, der Lehrer mit der Pfeife um den Hals in der Mitte, die Mannschaften formierten sich, der Lehrer legte den Ball in den Mittelkreis,

Beer blieb ungewählt und schlug sich einfach auf die Seite, die an der Reihe zu wählen gewesen wäre. Ob er nach links ging oder nach rechts, war denen links wie denen rechts gleichviel. Lieber hätten sie ihn jeweils auf der anderen Seite gesehen. Den Freigeist nannte man ihn. Der war er geblieben. Er bekam keine Position zugewiesen, durfte überall und nirgendwo herumlaufen. „Nur halte dich um Himmels Willen vom Ball fern, Bärli."

„Wissen Sie, was Bragg dann singt? ‚I guess that was the way it stayed, in every game I played, life just kicked me, clattered and tripped me, till'" – und Beer blieb vor der letzten, vor *seiner* Farbfotografie stehen – „‚till you picked me from the parade', Ursula." Die nächste Liedzeile getraute er sich nicht einmal vor sich selbst auszusprechen.

Die Pokale in den Glasvitrinen; die Urkunden und Wimpel gegnerischer Mannschaften; Zeitungsausschnitte, Ton- und Filmdokumente; all die Bilder an den Wänden – Beer befand sich in einer anderen Welt, die Franz Schwarz ihm erschlossen hatte. Es gab Menschen, denen das die Welt war. Er, Beer, mochte lachen darüber; nur manchmal, in unruhigen Stunden, wenn er lange seine Bibliothek anstarrte, fand er es weniger lächerlich denn je. Dann dachte er schnell an Horden brüllender Männer, die sogenannten Legionäre der Gegner Tschuschen und Kümmeltürken schimpften, Afrikanern bananenschwenkend selbsterfundene Affenlaute von den Rängen zubrüllten, an Glatzköpfe in umgestülpten Bomberjacken dachte er dann, die stolz skandierten, einmal großdeutscher Meister gewesen zu sein und den Stadtrivalen als Judenverein verhöhnten, und an den Bundespräsidenten, der mit steifem Genick und erhobenem Haupt bei wichtigen Spielen in der Ehrenloge neben dem Kanzler und allerhand anderen wichtigen Leuten saß.

„Was nützen all die Bücher, Ursula, wenn mit Argumenten niemandem mehr beizukommen ist? Weißt du, daß ich mir sehr gut die erlöste Welt vorstellen kann, in der man nur noch lebt, in der die richtig zusammengesetzten Buchstaben aus den Buchdeckeln und Seiten auf die Straßen treten und sich in der Welt verfangen?"

Und während Beer die Trikot- und Hosenmoden des letzten Jahrhunderts abschritt, sah er die Antiquarin die Brille abnehmen und hörte sie sagen: „Ihr Männer wollt immer zumindest die Welt retten, Ihr Feldherren mit Euren Legionen und gesammelten Werken. Mir genügt der Spaß am Lesen, das Spiel der Phantasie, die uns, wenn irgendetwas, vom Tier unterscheidet. Die hieroglyphischen Anmerkungen, Unterstreichungen und Widmungen in Büchern, die auf irgendeinem Weg in mein Geschäft gelangen. Denn, lieber Beer, ich meine Paul, das Spiel ist der Drehpunkt unseres Seins."

Sie war klüger als er. Sie war stärker. Sie war bezaubernd.

Das Bild, sein Bild, ihr Bild, wessen Bild immer, war eine Freude. Beer schüttelte den Kopf. Er hatte Tränen in den Augen, war gerührt und überwältigt. Rechts außen stand der fesche, umjubelte Tormann Erich Kloch wie eine Statue seiner Selbst, der Kapitän, der Leithammel, dem in einer Flanke aufgefädelt die Feldspieler folgten. Eine sonderbare Scheitelskyline war das: Sie begann hoch, bei Kloch, mit einem Bürstenschnitt, fiel ab auf einen kahlen Schädel, ging wieder hinauf und hinunter, von blondem Mittelscheitel über Stoppelfrisuren zu hellgelben Löckchen, in der Mitte erreichte sie ihren Höhepunkt mit einer imposanten brünetten Dauerwelle, fiel wieder ab auf zurückgegeltes schwarzes Haar, und endete unterm Ausgangsniveau bei borstigem, mit Wasser mittelgescheiteltem braunen Haar, das innerhalb der nächsten Minuten wieder seine ursprüngliche, natürlich kaum bezähmbare Form annehmen würde. Große Männer, kleinere, hell und dunkler, muskulös, drahtig, und einer nachgerade zerbrechlich. Lächelnd manche, viele angespannte Blicke, Kloch wie in Trance. Nur waren zwölf Spieler auf dem Bild. Den letzten, am anderen Ende der Flanke – stämmige, wabblige Beine, eine ungestalte Masse Fleisch quoll unter der kurzen Hose hervor, der klobige Oberkörper dem Nebenmann leicht abgewandt, linker Fuß unschlüssig vor dem rechten, ein buschiger Schnurrbart, wie zur Bestätigung des Brauereisponsors die Dreß unter der Brust weit ausgebuchtet, die Hände, die die anderen Spieler hinterm Rücken verschränkt hielten, steif seitlich anliegend, ein Lächeln um den Mund, das ihm zu denken gab – wies unten, in der Bildlegende, nicht einmal ein Fragezeichen aus. Elf Namen und zwölf Menschen.

Der Gesichtsausdruck, ja das Lächeln war es, das Paul Beer zum dritten Mal hatte kommen lassen. Selig? Verschmitzt? Gerissen? Nein, sie trafen nicht, diese Worte. Paul Beer hatte sich eine kleine Theorie der Fotografie zusammengestöpselt. Aus Dank dem Herrn war Dank Daguerres geworden, dachte er, während man sich betont diskret an ihm, der schon so lange so eigenartig vor demselben Foto stand, vorbeidrängelte. Wie mit Christi Auftritt auf der Weltbühne ein ewiges Leben für jeden Menschen möglich wurde, wurde es nach dem Tod Gottes und der Verdrängung der Portraitmaler mit der Fotografie wieder möglich. Die vorher gelebt hatten, gingen des ewigen Lebens in ihrer tatsächlichen Äußerlichkeit verlustig wie Seinerzeit, und die von Kameras Nichteingefangenen hatten nie gelebt, zumindest nicht für uns. Da, auf dem Foto, stand Franz Schwarz, war also, lebte, umjubelt von den Massen, ein untrügliches Zeichen seiner Existenz. Am Flankenende – hier, in Manfreds Lokal, in unzähligen Zeitungen, die in Archiven und Bibliotheken ihrer Aushebung harrten – ein gefrorener Moment Schwarz, der einmal, an der Oberfläche, tatsächlich so und nicht anders gewesen war. Allein Beer kannte sein Vorher und Nachher, meinte nicht wenig von dem zu wissen, was hinter, unter, jenseits der Oberfläche lag. Daher war es ein Bild, kein Foto für ihn – eher das Standbild eines Videos, das im langsamen Lauf vor und zurückgeschickt werden konnte. Wohin würde dieses Bild laufen, wenn man es dereinst nach vorne schickte? Dieses Lächeln. Versenken, hieß es, sich in ein Bild versenken. In dieses Lächeln wollte er sich versenken, um mit dem angemessenen Wort wieder aufzutauchen.

„Diebisch", sagte Paul Beer nach einer Weile, und einer drehte sich nach ihm um, „genau, diebisch!" Er schnippte mit den Fingern, holte ein Notizbuch, auf dem *Schwarz?* stand, aus seiner Ledertasche, legte sie übers Knie, das aufgeschlagene Büchlein darauf und trug vornübergebeugt ein: „Diebisch: ohne schlechtes Gewissen stehlen, was versprochen und immer vorenthalten, kurz, gestohlen wurde." Beer klappte sein Notizbuch zu und war zufrieden. Das Wort, das er schätzte und abschätzte, war gefunden.

ERICH KLOCH HATTE DEN NEUEN, wie er sagte, auf Anhieb mehr als merkwürdig gefunden. Der Journalist hingegen, der froh sein sollte, ein Interview für seine unwichtige Zeitung zu bekommen (Kloch kannte niemanden, der sie las), kam ihm nicht merkwürdig, sondern verkrampft und nervös vor, wie ein Musterschüler mit mehr als einem Komplex, der ihn mit einem überlegenen Grinser vom Händeschütteln an spüren lassen wollte, wer da wirklich eine Ahnung habe vom Lauf der Welt.

Kloch lebte für die großen Momente, für jene Tage im Kalender, die man nicht einfach herausreißt und von denen nichts bleibt. Nur der Tag, der blieb, hatte Sinn. Alles andere war Training, harte Arbeit und Vorbereitung. So war er vielfacher Meister geworden, ein Held, wenn der Zeitungsmensch so wollte. Kloch hatte in Italien gespielt, wo ihn die Tifosi, ein Wort, das er bei bestem Willen nicht übersetzen konnte, belagerten, und er sich immer wieder an einem der wenigen freien Tage ins Auto setzen mußte, um den Kameras und Autogrammjägerinnen zu entkommen. Sein Gesicht war in unzähligen Zimmern und Lokalen gehangen, täglich hatten die Zeitungen über ihn und seine oft erfundenen, aber immer pikanten Geheimnisse berichtet, die kleinen Jungen hatten die Trikots mit seinem Namen über der Eins auf dem Rücken getragen, Mädchen sein Sammelbild auf Schulhefte geklebt, und beim Bäcker hatten sich alle Augen auf ihn gerichtet, als wären Brot, Milch und Gebäck, die er kaufte, etwas anderes als Brot, Milch und Gebäck.

Kloch hatte sein Bestes gegeben, das machte stolz, wenn der Journalist schon unbedingt von Stolz reden wollte. Er war einer der Besten, sein Konto quoll über, ob gerechtfertigt oder nicht, er würde auch mehr nehmen, und monatlich hatte er der Mama einen großen Scheck nach Wien geschickt. All das, was er sich als kleiner Junge im Beserlpark und im Käfig zuerst, bei verschiedenen Wiener Vereinen später erträumt hatte, war wahr geworden. Kloch hatte die wichtigsten Jahre seines Lebens im Ausland verbracht, andere Sprachen, Menschen und Umstände kennengelernt. Der kleine Bub aus schlechtem Wiener Viertel, der abseits des Spielfelds immer nur gehört hatte, aus ihm würde nie etwas, hatte für sein Land das Tor gehütet. Heimat bist du großer Söhne. Da riß es ihn noch heute, aber eigentlich nicht ihn, den kleinen Buben riß es da, der jede freie Minute, bei jedem Wetter, sich selbst mit dem Namen eines anderen großen Tormanns kommentierend, mit seinen Freunden oder jedem, der zwei halbwegs gerade Beine besaß, Fußball gespielt hatte. Waren die Zeiten auch mager geworden, zumindest auf ihn konnte gezählt werden.

Er war in Österreich Meister geworden, in Italien im Cupfinale gestanden, anerkannt als einer der Besten seiner Zeit. Aber man war allein als Tormann und trug eine Verantwortung wie keiner sonst. Warum? Kloch wußte, was die Leute von ihm erwarteten. Ein Lächeln, ein Wort, einen Arm um die Schulter zum Cheese. Was er als einziges immer gern und leidenschaftlich und über die eigenen Grenzen hinaus getan hatte, war sein Beruf geworden, mit dem er, ja, durchaus, unverschämt viel verdiente. Dafür wurde er verehrt. Bloß den Politikern mit dem süßen Lächeln und den großen Händen, die eine Schulter wie ein Schnitzel klopften, suchte er wenn möglich aus dem Weg zu gehen. Es war kaum möglich. Kloch aber wahrte seine Distanz. Schon die Mama, der er dankbar war wie keinem Menschen, schon gar nicht dem Vater, hatte ihm eingeschärft: „Politik ist grauslich, am besten du laßt dich gar nicht erst drauf ein." So hatte er es gehalten, und da konnte sein Gegenüber noch so oft nachfragen – sie hatte Recht behalten. Und wenn er sich auch alles im Leben selbst beigebracht hatte, wußte, wie und wann er sich gut fühlte, worauf es neben dem Gewinnen und Pokale-in-die-Luft-Stemmen genauso ankam, konnte er nur den Kopf schütteln über die leichtgläubigen, um nicht zu sagen: immer wieder erschreckend dummen Spieler.

Nein, Namen nannte er keine. Die gaben ihre Namen her für irgendwen und merkten gar nicht, wie sie benutzt wurden. Die meisten hatten keine Ahnung, wie ihr Wort galt und was es bedeutete, in der Zeitung brüderlich vom Kärntner Landeshauptmann umarmt zu werden. Der umarmte da einen und sprach dort mit jedem in dessen Dialekt, und schon holte er sich einen Olympiasieger ins Parlament, der besser Werbung für Schimarken und Energygetränke gemacht hätte. „Mach, Bub, was willst", hatte die Mama gesagt, als sein Stern am Höchsten stand und er verschiedene Briefe und Anrufe aus allen Richtungen bekommen hatte, „aber paß auf, jeder will dein Freund sein, jedem bringst was, nur wennst mit den Nazis gehst, brauchst zu mir nimmer kommen."

Das macht, sprach Kloch in Richtung Diktiergerät, während der Journalist unaufhörlich, wie ein Stürmer beim Kopfballtraining, nickte: Man fand sich mit Menschen auf Fotos wieder, die man oft lieber nicht hätte schießen lassen. Auf der Autobahn wurde man geblitzt, mit einem Politiker geschossen. Das wollte er seinen Kollegen beibringen. Er war älter, erfahrener, in jeder Hinsicht länger als – nicht nur zum Fußball – nötig zur Schule gegangen, und manche hörten auf ihn, bis sich eine bessere Gelegenheit bot.

Nun stand Kloch, wie er dem blutleeren Journalisten und seinem Fotografen bei einem Kaffee erzählte, an einem dieser Tage, die nicht verschwinden, ob sie gut enden oder schlecht, auf dem Rasen und war bereit. Noch wurde er jedesmal rechtzeitig bereit. Was er mit „noch" meine? In einem Jahr, vielleicht in zwei Jahren, war Schluß. Es gab nichts, was er noch erreichen konnte. Weltmeister? Als Österreicher? Auch er wurde älter. Deshalb war er zurückgekehrt nach Wien, wo es nicht angenehmer war, aber ruhiger. Der Italiener schreit und hüpft und flucht und verdammt. Der Österreicher klatscht, wenn seine Mannschaft verliert. Der Journalist nickte, zum ersten Mal schien er zufrieden, aber anders zufrieden als vorher über den Landeshauptmann und den Olympiasieger.

„Was sagen Sie dazu?"

Er legte ein Foto auf den Tisch.

Kloch lachte. Darüber hatte er ja eben zu sprechen begonnen. Er hatte seine Augen nach rechts wandern lassen, von einem zum nächsten, wie immer, jedem Mitspieler fest in die Augen gesehen – da durfte kein Zögern und kein Zaudern sein. Dafür konnten sie umgekehrt mit seiner Entschlossenheit rechnen. Man war weit gekommen, weiter als erträumt, in einem internationalen Bewerb, es wartete viel Geld, die Spielerbeobachter der großen Vereine sahen sehr genau hin, die Menschen erwarteten viel von ihnen, und Kloch erwartete noch mehr von sich, bevor er hier, im Praterstadion, das sie nach dem alten Happel benannt hatten, sein Abschiedsspiel geben würde, mit Prominenz und Klatschen und Tränen. Manchem seiner Mitspieler hätte er, als er jeden fordernd angeblickt hatte, ins Gesicht schlagen können. Mein Gott, das war eine Redewendung. Die blieben immer die Österreicher mit den eingezogenenen Köpfen. Dem „Na ja, wir kommen aus einem kleinen Land" im

Interview. Dem „Dafür simma eigentlich eh gut" in der Kabine. Dem „Was kann man machen gegen die Großen" unter der Dusche. Welcher Franzose würde so stehen? Welcher Italiener? Welcher Engländer? Und erst recht welcher Deutsche? Wie er das mit dem Deutschen meine? Kloch klatschte die Hände überm Kopf zusammen. Seinetwegen konnte man auch Russe statt Deutschem sagen, oder Brasilianer, oder Nigerianer, oder Tschibutinese oder wie immer man da sagte. Kloch griff nach dem Foto, ärgerte sich über sein Gesicht, lehnte sich nach vor und stützte seine Arme auf dem Tisch ab. Ja, und dann, nach dem linken Stürmer, stand da einer und grinste sich einen Ast, ein ungelenkes Männchen mit Gössermuskel und Schnurrli, der so eindeutig einem der Millionen Teamchefs vorm Fernseher aus dem Gesicht gerissen schien wie nur irgendeiner.

Daher sein idiotischer Gesichtsausdruck auf dem Mannschaftsfoto. Weil er nicht hatte fassen können, was, wen er da sah, erklärte Kloch dem Journalisten mit der randlosen Brille, der ihm von Minute zu Minute mehr auf die Nerven ging. Der wollte ihm eine Falle nach der anderen stellen, ihm etwas nachweisen, um aus einzelnen Zitaten seine Kästchen für den Artikel zimmern zu können. „Dieser Gesichtsausdruck, meine Herrschaften", sagte Kloch, sah auf die Uhr, stand auf und reichte dem Journalisten und dem Fotografen die Hand, „diese leicht aufgerissenen Augen und der dämliche, halboffene Mund – wie ein Tiroler in New York. Ich hasse das Bild, und wenn ich den Kerl, der gleich nach dem Blitzgewitter verschwunden ist, erwischt hätt, der hätt ein Donnerwetter auch noch erlebt, den hätt ich schon gepackt beim Krawattl, drauf könnts Gift nehmen – und tot umfallen nachher!"

„WIE TIEF, schätzen Sie mal, kann man fallen?" fragte Ursula Steiner, als Beer ins Antiquariat trat, und deutete mit hochgezogenen Augenbrauen auf das Interview mit Kloch in einer alten Ausgabe der Stadtzeitung, die Beer ihr vor ein paar Tagen gebracht hatte.

Die Antiquarin war verärgert. Sabine machte am Telefon dumme Bemerkungen über Beer, „deinen Lieblingskunden", wie sie bedeutungsvoll gesagt hatte – als wäre irgendetwas. Mit ihr war etwas, und das hatte damit zu tun, daß sie um jeden Preis vernünftig hatte werden wollen. Und Beer mit seinen Sentimentalitäten und dem guten Herz und der Sehnsucht nach dem sogenannt einfachen Leben, das dumpf war und ihn ersticken würde, hatte eine Seite offenbart, die sie nicht gern las. Was brachte all das intelligente Gerede, wenn er nach ein paar Gläsern Wein seinen „Reflexionszwang" verwünschte, sich der Leichenfledderei bezichtigte, weil er in einen anderen hineinkrieche und ans Licht zerre, was immer er in ihm zu finden meine.

„Diese Zeitung wird von Woche zu Woche stumpfsinniger. Früher freute man sich auf jede Ausgabe, heute muß man sich schon vor dem Cover fürchten." Sie schüttelte den Kopf. „Dieser Kraftmeier. Ein Tormann. Sehen Sie nur dieses Gesicht an."

Beer stand regungslos in der Tür und sagte nichts. Wahrscheinlich überlegte er, was ihm die Mutter jetzt zu antworten riete, die im Wohnzimmer hing und den Kleinen nicht aus den Augen ließ. Er schlurfte ihr entgegen, reichte seine Hand und nahm ihr gegenüber mit einem provozierenden Grinsen, die Beine übermütig überschlagend, Platz.

„Frau Steiner, was hat Sie denn am meisten aufgebracht?"

„Herr Kloch, Sie selbst haben keine Fehler gemacht?" Sie stemmte beide Fäuste auf den Tisch und beugte sich nach vorn, ganz nah an Beer heran, der unauffällig tief einatmete. „Doch, wenn ich mich gegen den Strich rasier, bekomm ich Wimmerl." Sie lehnte sich wieder zurück. „Das ist Schlagfertigkeit, mein Lieber, die nicht zuschlägt, weil ein Fotograf dabei ist!"

Beer prustete los und dann, mühsam um Fassung ringend, von kurzen Glucksern unterbrochen, in sich hinein. Die Antiquarin schüttelte den Kopf, Beer war amüsiert. Seit den ersten Sonnenstrahlen, die ihn aus dem Bett geholt hatten, meinte er in einer seltsamen Aufwallung, die ganze Welt zu lieben.

„Aber nein, das heißt: Waun i mi gengan Strich –"

„Herr Beer! Wenn Sie in jenem Vorstadtlokal so sprechen, zeigt Ihnen jeder hinterm Rücken den Vogel, der übrigens nicht von ungefähr ‚Dottoree' krächzt. Geben Sie zu, daß mit dem Tormann da keine neue Welt zu errichten ist!"

„Aber der Satz ist gut. Er stimmt. Es ist in der Tat ein Fehler, ein schrecklicher, ganz ganz entsetzlicher Fehler, sich gegen den Strich zu rasieren. Ich spreche aus Erfahrung, nicht aus Büchern. Hätte ich mich heute morgen gegen den Strich rasiert, ich hätte nicht gewagt, Ihnen entgegenzutreten."

„Vor mir müssen Sie sich nicht genieren."

„Dieser Kloch ist nicht das scheinbar harmlose Gespräch im Zug, das in letzter Konsequenz auf den Mord hinausläuft. Geben Sie das zu?"

Und als die Antiquarin zweifelnd ihren Kopf wiegte, sich fragte, warum er den großkotzigen Tormann verteidigte, sprang Beer wie ein Rumpelstilzchen auf und klopfte auf den Tisch, daß man sich fürchten mußte, er versänke mitsamt dem Tisch jeden Moment im Boden.

„Geben Sie mir das zu! Geben Sie mir das zu!"

Ursula Steiner lachte hellaut auf, Tränen kullerten ihre Wangen hinunter. Sie lachte über Beer – und über sich. Wie absurd. Sie ereiferten sich über einen Tormann. Ereiferten sie sich über einen Tormann? Da stand Beer auf und grinste verlegen. Er müsse sich beeilen, habe von allem Anfang an nur kurz vorbeischauen wollen, auf einmal sollte eine Philosophiestudentin eine Diplomarbeit über, „man denke", Heidegger vorbeibringen, ja, und wie die Zeit vergehe, stehe sie vielleicht schon vor der Eingangstür.

„Wie sieht sie aus?"

„Wie kommen Sie darauf?"

„Würde mich interessieren." Sie lächelte. „Wenn eine hübsch ist, könnte sie ja auch über Parapsychologie oder heilende Steine schreiben, und Sie fänden es interessant."

„Ist das so?"

„Ist wohl so", sagte die Antiquarin und beobachtete Beer, der eine Miene aufzog, die eine alte geheime Verwandtschaft von Miene und Mine anzuzeigen schien.

„Lassen Sie mich die Geschichte fertigerzählen."

„Wann immer Sie wollen."

Die Antiquarin lächelte, Beer drehte sich in der Tür um, sie winkte ihm zu. So leid es ihr auch tat: Franz Schwarz mußte scheitern.

FRANZ SCHWARZ WAR GESCHEITER GEWORDEN. Das Geld, das er mit seinen Wetten gewonnen hatte – und er hatte auch im Finale aufs richtige Pferd gesetzt, das allerdings, weil voraussehbar, eine schwache Quote hatte –, legte er beiseite. Ab und zu aß er unter Fritzens verstörenden Lauten in Manfreds Lokal, Swetlana kochte hervorragend, dann ließ er sich wieder eine Bratwurst am Würstelstand aufschneiden, mit Senf und Kren und einer altbackenen Semmel, was ihn wehmütig und wohltuend an den mittwöchlichen Wochenmarkt eines anderen Lebens erinnerte, in dem er lächelnd den von Ständen gesäumten Abschnitt der Wienerstraße entlangspaziert war, vom Rathaus über die Bushaltestelle bis zum Stadtpark, Arm in Arm mit Marianne Tücher, Gewand, Schuhe, Gürtel, Elektrogeräte, Geschirr, Messer und immer wieder Kinderspielzeug inspiziert hatte, wo alles Mögliche und Unmögliche angeboten wurde, Marianne und er bisweilen mit einem gebrochen deutsch sprechenden Verkäufer gefeilscht hatten, einfach so, ohne jegliche Kaufabsicht, nur um zu sehen, wieviel er nachlassen würde, bis sie lachend zu einem der Würstelstände gegangen waren, um im Gewimmel Bratwurst zu essen und Bier zu trinken. Außerdem aß er seit dem Sieg gern Kebab, „mit alles und mit scharf". Da nahm ohnehin schon lange keine mehr Anstand an Zwiebelgeruch. Den Rest, so wenig es auch für ein Leben war, das diese Bezeichnung verdiente, hob er für schlechtere Zeiten auf. Die hoffentlich nicht kämen.

Er war vor wenigen Minuten auf die Straße getreten, der aufreibende Umschulungskurs war für heute zu Ende, liebevoll blickte er auf das Lokal an der Ecke, sein Lokal, in dem er mit den Türken getanzt hatte.

Schwarz trat nicht ein. Er wollte nach Hause. Im Kurs hatten ihn wieder die Bilder zu jagen begonnen. Die Weltmeisterschaften waren vorüber. In vier Jahren wieder. Was würde in vier Jahren sein? 2006. Wie unwirklich diese Jahreszahl klang. Schwarz schlich schwitzend den glitzernden Gehsteig entlang. Bei den letzten Spielen in Frankreich war er noch mit Marianne vorm Fernseher gesessen, in Oberwart, hatte mit Alfred Bier getrunken, dessen Kopf neben einem Satz stand, den Schwarz, den Kelemen nicht für möglich gehalten hätte. „Alles, was Recht ist, da sind sie zu weit gegangen." Auch die anderen Nachbarn, die auch – alle im Portrait, daneben Kästchen mit markigen Zitaten, ein Todesurteil ums andere. Die Kelemen, immer eigen gewesen, viel gestritten und geneckt, oft brüllen gehört, irgendwo der Wurm drin, und bitteschön ständig unterwegs, bei bestem Willen nicht allein sein können, ununterbrochen am Feiern, als wäre das Leben ein Fest, Licht und Lachen bis spät in die Nacht, aber werktags, Marianne unmäßig getrunken, daß es schon nicht mehr schön war, einmal hat ja was passieren müssen, wie man sich in Menschen täuschen kann, die Unternehmer hochanständige Leute, ganz lieb, anders natürlich, aber nicht von oben herab, schon einmal einen, ja, Anschlag auf sie geplant, Josef federführend, die Schadenfreude in Person, damals lustig gefunden, im Nachhinein immer klüger, Jesusmaria, man kann doch nicht nichts sagen, irgendwann fällt einem alles auf den Kopf, jeder Spaß seine Grenze, und überhaupt hört sich bei Drogen der Spaß auf.

Hätte ihm eine Wahrsagerin vorhergesagt, was passieren würde, er hätte geschworen, die beiden eigenhändig zu erwürgen, zuerst ihn, dann sie, und dafür wäre er gern ein Leben lang in Eisenstadt hinter Gittern gesessen. Er hatte einen witzigen Gedanken vor sich hingesponnen an diesem Abend, den er manchmal noch immer nur geträumt zu haben hoffte, ein Traum, der noch nicht zu Ende war, aber bald, irgendwann käme das Erwachen und diese gespenstische Zwischenwelt, in der Traum und Wirklichkeit so wirklich erschienen und doch nur intensive Belastungsprobe sein konnten, würde wie ein schlecht gebautes Kartenhaus einstürzen – einem sonderbaren, umstrahlten Gedanken hatte er sich hingegeben, der damit zusammenhing, wie er und Marianne einander kennengelernt hatten, auf dem Feuerwehrfest in Mariasdorf, wieviel Zufall hineingespielt hatte, damals, hinterm Gebüsch, als sie einander beim Kotzen beistanden. Und wie damals, mit Rainer, hatte er sich wie unter einem Glassturz gefühlt. Nachdem die Nachbarn aufs Klo gegangen waren, wünschte er nur noch, sie mögen gehen, verschwinden, nicht mehr kommen, ihr Vorhaben war gescheitert, es gab keine Brücke zwischen ihnen, er und Marianne, das war die Welt, die niemand wirklich kannte, eine Welt zwischen ihnen, die der anderen, der ungeheuerlich wichtigen Welt, in der man mittun mußte, auch wenn es ungerecht war, im Stillen eine Nase drehte. Da unterbrach ihn ein kurzer, unterdrückter Schrei, ein dumpfer Aufprall, ein zweiter Schrei, bevor die Eingangstür zugeschlagen wurde. Er sprang auf. War da etwas gewesen? Wahrscheinlich hatte er sich in seinem Zustand alles bloß eingebildet. Er ging ins Vorzimmer, pfeifend, die Hände in den Hosentaschen, freute sich auf die Bettspielchen später, die so entfesselt und intensiv gewesen waren, als Rainer im Wohnzimmer auf der Couch gelegen war.

Marianne lag in einer Blutlache, die Augen aufgerissen, einen Schrei auf den Lippen, aber stumm, stumm. „Marianne!" Er schüttelte, er rüttelte sie. „Marianne, was ist denn?" Nichts, kein Wort, nur die glanzlosen Augen auf ihm. Er rannte zum Telefon, rief den Notarzt, der schnell kam, sie packten Marianne auf eine Tragbahre, man nahm ihn mit, die Sirene heulte, er sah noch die Dornburggasse und den reformierten Friedhof durchs Fenster, ahnte den Russenfriedhof dahinter, von da an nichts mehr, gar nichts, er wußte nicht, wie, er wußte nicht, was, und als er aufwachte, stand ein Arzt neben seinem Bett und sprach zur Krankenschwester, die eifrig Notizen machte. So lag er einen Tag, so lag er zwei Tage, alleine in einem Zimmer, er schlief und schlief, und eines Morgens, der ein Abend war, sagte der Arzt: „Herr Kelemen, seien Sie stark, Ihre Frau ist tot." Dann wieder nichts, lange nicht, wie lange?, es waren zwei Tage, und der Arzt sagte: „Sie sind ein starker Mann, Herr Kelemen, das Leben geht weiter, muß weitergehen. Wir helfen Ihnen." Nach fünf Tagen, die lang wie ein Leben waren, brachte man ihn nach Hause, Albert war da und seine Brigitte, Josefs Bruder, der an den Neusiedler See geheiratet hatte, sie blieben bei ihm die Nacht über, die er durchschlief, nachdem er die Parte gesehen hatte, die die Arztstimme aus dem Krankenhaus bestätigte. Am nächsten Morgen kam ein Arzt, spritzte ihm etwas, ein schwarzer Anzug lag bereit, er schlüpfte hinein, man fuhr zur Kirche, alles ging schnell, schon ließen sie den Sarg hinunter.

Näher mein Gott zu Dir.

Zuweilen war Franz Schwarz irgendwo, und plötzlich hatte er dieses Lied in seinem Kopf. Dieses verdammte Lied. Sie hatte nicht näher, sie hatte noch lange weit entfernt sein wollen. Dann wollte er es verscheuchen, aber es blieb, und manchmal dachte er, das Lied wäre länger nicht mehr aufgetaucht, schon klang es wieder in seinem Kopf. Abends saßen alle bei ihm, die Nachbarinnen und Nachbarn, der Bruder und seine Frau, tranken Wein, es war gekocht worden, und Josef begann zu begreifen.

Als man ihn dann alleine ließ, später, wollte er Alfred nicht mehr sehen und nicht Brigitte. Er öffnete die Tür nicht. Überhörte jedes Läuten. Am Telefon sagte er „Ja" und „Nein" und „Gut". Er saß im Wohnzimmer und saß. Allmählich erhob er sich. Nahm eine harte Wurst aus dem Kühlschrank. Trank ein Bier. Nahm die Fotografien von der Wand, eine nach der anderen. Packte Maria, den sie ihm ins Haus geholt hatten, setzte ihn vor die Tür, wo er im Garten jaulte. Ließ alle Jalousien runter. Räumte die Regale leer. Nahm die Tongefäße und Vasen und packte sie in Kisten, die er in den Keller schleppte. Packte die Plüschtiere dazu. Und saß. Schlief ein. Wachte auf. Nahm die Uhr von der Wand. Nahm die Uhr von der Hand. Verdeckte den Fernseher. Überzog das Bett im Schlafzimmer neu. Öffnete Mariannes Kasten. Roch hinein. Weinte. Roch. Schloß ihn. Rief seinen Bruder wegen des Hauses an. Rief den Chef an und ließ sich kündigen. Saß im Wohnzimmer. Blickte auf den Tisch. Sagte: „Schmeckt's?" Lachte. Weinte. Holte eine Hacke aus dem Keller. Zerhackte den Tisch. Nahm die Stücke. Öffnete die Tür. Warf sie hinaus. Packte die Stühle. Räumte sie vor die Tür. Schlief im Wohnzimmer. Saß. Fürchtete sich. War niemand da. Gar niemand. Er schon. Schon? Er, oder es, oder irgendetwas in ihm ging in den Keller. Setzte sich ins Auto. Stieg vor der Bezirkshauptmannschaft aus. Trat ins Zimmer. Bat um eine Namensänderung. Fuhr nach Hartberg. Kaufte ein. Fuhr zurück. Rief seinen Bruder an. Saß im Wohnzimmer. Saß. Wartete. Wartete. Saß. Fuhr mit dem Bruder nach Wien. Schob eine Karte mit dem Namen Schwarz neben andere Namenskärtchen in eine Gegensprechanlage. Trat irgendwann aus dem Haus. Man kannte ihn nicht.

Franz Schwarz spazierte den Brunnenmarkt entlang, ließ seinen Blick über Obst, Gemüse, Fleisch, Hemden und Socken streifen, glaubte zweidrei Gesichter aus dem türkischen Lokal zu erkennen, lächelte ihnen zu. In vier Jahren würde in Deutschland gespielt. In vier Jahren mußte viel passieren. Seinem Bruder war er dankbar. Der hatte das Haus in Oberwart verkauft, den Hund einer Freundin mit großem Garten anvertraut, was schmerzte, aber sein mußte, seinetwegen, des Hundes wegen, und seine Ottakringer Wohnung gefunden. Der Bruder hatte alles aus den Zeitungen und Magazinen geschnitten, all die Berichte vom Drogenpaar, das seine ahnungslosen Nachbarn in eine gemeine und schließlich nach der anderen Richtung zuschnappende Falle gelockt habe, all die Sätze über ihn und Marianne, die, an den Haaren herbeigezogen, schmerzten, zumal sie von Freunden kamen, ihn und Marianne kahlgerupft ließen, als wäre in diesen Verbrecherköpfen nie anderes als Vergiftung der Nachbarn gedacht worden, all die Bilder von Marianne neben den Bildern des Metallsargs, der in einen Polizeiwagen geschoben wird, all die Lügen und Halbwahrheiten über ein Leben, das den davon Berichtenden nur Stoff und Kontoauszug war. Sein Bruder hatte ein paar Fernsehberichte aufgezeichnet, die langsamen Kamerafahrten ums Haus, Reporter mit bedrücktsachlichen Gesichtern vor der Gartentür, die leise, schleichende, ahnungsvolle Musik im Hintergrund, die so gar nicht zu ihrem Heim paßte, der Schwenk in den Garten, vorbei an der Hundehütte, hin zur Hintertür, aus der die Nachbarn geflohen waren, alles Ort der Tat, alles bestürzende Neuigkeit, alles Verbrechen, dem die Stichworte einer gedämpften Stimme – Setzer, Krankenschwester, einfache Leute, unverständlicher Plan, ausgeheckt hinter diesen Wänden, unauffälliges Leben in der Metropole des idyllischen Südburgenlandes – immer schon entgegenzulaufen schienen. Diese bedrückende Beweislast hatte der Bruder eines Tages mit aufmunterndem Grußbillet an seine neue Adresse geschickt, wo Schwarz alles gelesen und angesehen hatte, zweimal, dreimal, bevor er das ganze Paket in eine Kiste gesteckt und in sein Kellerabteil getragen hatte, die er erst wieder öffnete, als der Doktor ihn darum bat.

Trotzdem wollte er den Bruder nicht mehr sehen, und Schwarz hoffte, er würde verstehen. Im Landesgericht war der Unternehmer, den Josef nur anblickte, geradeaus, seine Augen suchte und nicht losließ, wegen Raufhandels mit tödlichem Ausgang zu einer bedingten Gefängnisstrafe und einem größeren Schmerzensgeld verurteilt worden, das längst aufgezehrt war und keinen Schmerz hatte betäuben können. „Sehen Sie", hatte Beer gesagt, den Arm auf seinem Rücken, wie Recht er hatte!, „wenn Sie das tun, können Sie sich keinen Anwalt leisten, der jahrelang in seinem Zimmer Paragraphen auswendig gelernt hat. Man gibt Ihnen einen Pflichtverteidiger, und Sie sitzen zehn Jahre im Zuchthaus." Es war egal. Marianne stand nicht auf. Sperrte man den Unternehmer ein, gab es noch immer seinen Sohn. Die würden sich's immer richten, und einer wie er immer draufzahlen. Wenn der ein Mensch war, konnte er nicht mehr ruhig schlafen. Wenn es eine Gerechtigkeit gab, würde er büßen. Wenn es ein Danach gab, würde Josef Marianne wiedersehen. Das war alles.

Es ging bergauf, und der Kurs würde auch noch etwas bringen, vielleicht. Einer der drei, denen er am Gehsteigtisch seine Geschichte vom Happelstadion erzählt hatte, hatte ihn schon ein paar Mal angerufen. Der handelte mit Altwaren, Franz Schwarz half ihm beim Ausräumen größerer Wohnungen, und jedesmal sagte er sich: „So ist es, Franz, Menschen sterben." Der

Händler war mit ihm zufrieden und hatte versprochen, ihn zumindest einmal die Woche mitzunehmen. Heute noch wunderte sich Schwarz, wie durchdacht er damals gehandelt hatte, kurz nach der Weltmeisterschaft in Frankreich, derweil er irr zu werden meinte, weil er nur saß und in seinem Kopf die entsetzlichsten Gedanken rotierten, bis er einschlief, und sofort weitertobten, wenn er aufwachte, daß er am liebsten tot gewesen wäre und nichts mehr hätte denken müssen.

Als Franz Schwarz ein wenig später statt in seine Wohnung über die Schwelle seines Stammlokals trat, scherzte Manfred mit einer hübschen Dame vor der Theke. Das lange Haar hatte sie streng nach hinten gekämmt und mit Bändern zu Knödeln zusammengebunden. Sie trug ein hellgrünes Sommerkleid, dünne violette Strümpfe und paßte überhaupt nicht hierher. „Ciao", krächzte Fritz, und Manfred nickte in Richtung der Schwarzhaarigen: „Franz, Besuch für dich."

FRANZ SCHWARZ WAR, wie Ursula Steiner feststellte, tatsächlich der einzige auf dem Foto, der beileibe nicht wie ein Fußballer aussah. Bei seinem Leibe nicht wie ein Fußballer aussah – jetzt dachte sie schon Beers Wortreitereien mit. Der Wirt, den sie sich anders, und zwar viel grobschlächtiger vorgestellt hatte, schien harmlos und nett. Er sprach freundlich über Paul Beer, den Herrn Doktor, hörte sich, wie es schien, überhaupt sehr gerne reden und hatte sie unter dröhnendem Gelächter, Schwarz sei ein gerissener Teufel, ein ausgefuchster Hund, ein ausgekochtes Schlitzohr und vieles mehr, zu dem Bild an der Wand geleitet. „Unglaublich", hatte sie geantwortet, derweil sie das

Bild des Mannes betrachtete, von dem Paul Beer schon soviel und merkwürdig leidenschaftlich erzählt hatte, „tatsächlich."

Und tatsächlich ähnelte der Tormann einem Tiroler in New York. All die hohen Häuser, all die unterschiedlichen Gesichter, alle möglichen Hautfarben. Soviel Selbstironie mußte sie ihm dann doch zugute halten. Ursula Steiner erzählte dem Wirt vom Interview, von Rasuren gegen den Strich und was sie anrichteten, und davon, daß sie noch nie ein ganzes Fußballspiel gesehen hatte. Der Wirt lauschte andächtig.

Auf einmal hatte es die Antiquarin wissen wollen, obschon sie nicht genau wußte, was es war, kurzerhand ihr Geschäft über Mittag gesperrt, war eine halbe Stunde von einer Welt innerhalb in eine Welt außerhalb des Gürtels spaziert, um dann nichts anderes als einen Salat zu bestellen, weil ihr diese Lokale verdächtig und jegliche Gedanken ans Öl in der Küche zu verscheuchen waren. Hinter einer Zeitung verschanzt, wartete sie aufs Essen.

Was für ein Lokal. Holzverschalt, düsteres Licht, kalter Rauch, Mittagsruhe vor dem Abendsturm, der Papagei im engen Käfig wie Rilkes Panther oder zur Erinnerung an ein Matrosenlokal des neunzehnten Jahrhunderts, mit Kautabak auf dem Boden und schwerem Tabaknebel in der Luft, mittendrin das eingeschüchterte Tier, das ein Captain aus ferner Welt, in der Milch und Honig, Blut und Sperma unablässig flossen, mitgebracht hat. Hinter der Theke hingen Fotos, auf denen der Wirt bierbäuchige Männer mit Schnapsnasen und roten Gesichtern umarmte, die feist und dummdreist wie der Klubchef der Freiheitlichen grinsten. Neben dem Telefon, auf einer Pinnwand, hingen Ansichtskarten mit kopflosen Bikinischönheiten, braunen Popos mit und ohne Stringtanga, mit nackten Comicschifahrerinnen und baren Riesenbusen neben schwarzen Karten, Rimini at night – Ansichtskarten aus einer Welt, in der Milch und Honig, Blut und Sperma unablässig fließen sollten, all inclusive. Hierher kam Dr. Paul Beer, um sich von einem Papagei verhöhnen zu lassen.

Ursula Steiner saß an einem kleinen Tisch am Fenster, das auf eine öde Nebenstraße ging, die so abseitig war wie das Lokal selbst. Das Essen war leidlich, außer ihr, dem ununterbrochen quasselnden Wirt und einer Frau mit Daumenschrauben in der Küche niemand im Lokal. Aus den Boxen Heissaheissahoppsasamusik, passend zu den Szenen, die sich hier abspielen mochten, in der Ecke tütete ein blinkender Dartsautomat, an dem ausgespielt wurde, wer die nächste Runde bezahle. Der Wirt schilderte, wie Beer, ein, wie er sagte, so feiner Mann, auf einmal in seinem „sagen wir: weniger feinen" Lokal erschienen war. Hin und wieder nickte sie, sagte „Ja" oder „Das glaub ich nicht", aber diese Einsilbigkeit schien den Wirt nicht besonders zu stören. Im Gegenteil, er stand hinter der Theke, brabbelte vor sich hin, welch seltsames Paar Beer und Schwarz seien, trocknete Geschirr und sah sie bisweilen außerordentlich prüfend an. Genüßlich malte sie sich aus, wie Beer sein Krügerl auf den nächsten Tisch und sich, die Zigarette im Mundwinkel, auf die Markierung stellte und drei Pfeile hintereinander in Richtung Scheibe warf, im nächsten Augenblick wütend aufstampfte und, wieder ganz Rumpelstilzchen, „So a Schas!" rief und nach dem Bier griff. Die anderen aber, die freuen sich. Wird die nächste Runde, ei, ei, ei, wieder auf den Dottoree gehen.

Ursula Steiner wischte sich den Mund, schob den Teller beiseite, der Wirt eilte herbei, fragte mit einem

Unterton, der den Unterschied zwischen ihnen auf kulinarische Vorlieben verschob, ob es der Dame geschmeckt habe, sie bejahte und fand die Zeit zum Gehen gekommen. Der Wirt aber lud sie, als eine Bekannte des Herrn Doktor, was aus seinem Mund wie eine Auszeichnung klang, auf einen Kaffee ein, schon hatte er sie in ein Gespräch verstrickt. Von selbständig zu selbständig, sie wüßten ja beide, wie das sei, harte Zeiten auf jedem Gebiet, so lange nicht irgendjemand die Hand darüberhalte, er im Beisel, sie im Antiquariat, was könne man tun gegen die – pardon – Arschlöcher da oben, egal welcher Farbe, die einem doch immer nur – pardon – auf den Kopf schissen. Sie stimmte einmal zu, widersprach ein andermal und plauderte munter von ihrem Geschäft, das in gewisser Weise das Gegenteil des seinen sei, ruhig, kaum Menschen, und wenn sich doch welche zu ihr verirrten, um ein Bedürfnis zu stillen, das manchen wie Essen und Trinken sei, waren sie still, wobei manche, wie beispielsweise Beer am Anfang, sich wie in heiligen Räumen bewegten, so andachtsvoll, aufmerksam und still. Der Wirt fragte interessiert nach, wenn Steiner erzählte, hakte ein und schien alles in allem ein sehr wacher Geist zu sein. Er lud sie auf ein Getränk ein, irgendetwas Geistiges, wie er sagte, was immer sie wolle, und wenn sie keine zierliche Dame wäre, würde er von einem kleinen Schluck zum Fettspalten sprechen, andererseits habe sie ja kein Fett zu sich genommen. Ursula Steiner lehnte dankend ab. Sie hatte das Lokal und das Bild sehen wollen, Mutmaßungen über Beer anstellen, den Wirt, die Geräusche, das Rundum hören.

Gerade als sie aufstehen und an der Theke zahlen wollte, trat der Vielbesprochene ein. Schwarz sah tapsig aus, irgendwie aufgescheucht, aber nicht wie auf dem Bild an der Wand, auf dem er sich heimtückisch freute und wie ein kleiner Krampus grinste, sondern ängstlich. Er hatte den Kopf etwas eingezogen, als er an die Theke kam und mit dem Wirt einschlug. „Habe die Ehre, Manfredo!" „Die Lady kennt den Herrndoktor und will was von dir – wissen." „Guten Tag", sagte Steiner, „ich habe viel von Ihnen gehört." „Wie komm ich zu der Ehre?" fragte Schwarz und schüttelte ihr die Hand.

IM HANDUMDREHEN WAR RAINER IN EINEM HALBOFFENEN HAUSEINGANG VERSCHWUNDEN. Er schmiegte sich dicht an die Wand und blickte durchs vergitterte Glasfenster des geschlossenen Türflügels. Zweifelsohne, er war es – Josef Kelemen. Weder der Schnurrbart noch das längere braune Haar beschwichtigte ihn. Dieses Gesicht hatte Rainer nicht vergessen. Von diesem Gesicht träumte er. Dieses Gesicht suchte ihn heim, wo immer er seinen Kopf hinlegte, ließ seinen Kopf, wo immer er lag, an ein zerstörtes Heim denken.

Josef kam an der Tür vorbei, keine fünf Meter von Rainer entfernt, magerer als damals, ungesünder, das Gesicht fahl und aufgedunsen, die Augen auf dem Boden. Er murmelte irgendetwas vor sich hin. Rainers Handy läutete. Er konnte seinen Vater nicht schon wieder einfach aus der Leitung werfen, zumal er sich, was selten vorkam, klar im Kopf fühlte. Er hob ab, und, weiß der Teufel, warum, folgte Josef. Der streckte die angewinkelte Rechte weit von sich und schien mit einem Unsichtbaren zu diskutieren. Redete er auf eine Unsichtbare ein? Der Vater freute sich, ihn endlich zu erreichen, und erzählte von einem Ausflug, den er mit Rainers Mutter am Sonntag zum Mondsee gemacht hatte. Wie es ihm gehe. Ob er mit dem Geld auskomme. Ob das Studentenleben, das er nur zu gut kenne, Zeit zum Studieren lasse. Rainer lachte pflichtbewußt. Es gehe ihm gut, er könne aber nicht allzu lange telefonieren, stehe vorm Hörsaal, der sich fülle, oder eher überfülle, in zehn Minuten beginne die Vorlesung.

„Laß die Mama schön grüßen – und anständig bleiben."

In zehn Minuten würde er vor der Gegensprechanlage eines Freundes stehen, der eine günstigere Wohnung gefunden und eine neue Wasserpfeife aus dickem Glas gekauft hatte, die einen umblasen sollte. Und wenn Rainer später kam, wäre der Freund bestimmt nicht beleidigt – dann konnte er selbst mehr rauchen. Das Leben war ein Achselzucken. Gewesen. „Hallo, Josef, tut mir leid, das mit Marianne." Unmöglich.

Auf der gegenüberliegenden Straßenseite folgte er in gebührendem Abstand Josef, der hastig einen Schritt vor den nächsten setzte, ohne nach links oder rechts zu blicken. Die Neulerchenfelder Straße stadtauswärts, bog Josef kurz nach dem Brunnenmarkt nach links. Als Rainer um die Ecke spähte, betrat er ein Zinshaus mit glatter Fassade. Rainer folgte ihm, die Gegensprechanlage kannte keinen Kelemen, aber etliche Wohnungen waren bloß numeriert. Er ging bis zur nächsten Querstraße und wartete an der Ecke. Er wartete zehn Minuten, er wartete zwanzig, er hoffte und fürchtete sich vor etwas, von dem er nicht wußte, was es war. Josef trat nicht auf die Straße. Rainer ging zurück, stellte sich wild entschlossen auf den Gehsteig gegenüber und suchte die Fenster ab. Sollte er ihn doch sehen. Sollte er doch runterkommen und mit ihm machen, was er all die Jahre in seinem Kopf mit ihm hatte machen wollen. Sollte er doch die Rechnung präsentiert bekommen.

Da sah er eine Frau mit Kopftuch Tee brühen; einen alten Mann vorm Fernseher sitzen; da beugte sich eine Studentin rauchend aus dem Fenster, nein, beobachtete ihn, wie er das Haus beobachtete. Rainer ließ seinen Blick über die übrigen Fenster streifen, und da trat Josef im vierten Stock mit nacktem Oberkörper ans Fenster, öffnete esund verschwand wieder. Die Studentin beobachtete ihn immer noch, blieb selbst von seinem nettesten Lächeln ungerührt, Rainer ging.

Nun wußte er, wo er zu warten hatte, morgen, übermorgen, in den nächsten Wochen. Am Horizont, der so verdeckt und unendlich weit entfernt war, blitzte eine Möglichkeit auf, wieder leben zu können. Er könnte – einkaufen für ihn gehen, Aufträge erledigen, die Wohnung aufräumen, für Josef Zeit haben, wann immer ihm danach war, alles besprechen, alles noch einmal durchgehen, alles zergliedern, seinen Anteil an den Ereignissen aufspüren, eine angemessene Strafe dafür finden, nichts schönreden, nichts bagatellisieren, ein anderes Wien könnten sie einander zeigen, ins Museum gehen, ins Kino, Eis essen, sie könnten auf Rainers Rechnung (er würde sich natürlich einen Job suchen) jeden Abend in einem Lokal jeweils andere Nationalgerichte kosten, im Sommer an die Donau fahren, grillen, Bier trinken, ins Stadion, zu Konzerten gehen, alles, was das Leben angenehm zu machen vorgab. Er könnte – ihm könnte vergeben, verziehen, er könnte sein gelassen werden. Er würde –

Wenige Quergassen weiter fand er seinen Freund, der aus kleinen geröteten Augen lächelte, „Begrüße" sagte, sich tief verbeugte und ihn vornübergebeugt mit kreisenden Armbewegungen in sein Heim ruderte. Er führte Rainer in sein neues Wohnzimmer, in dem zwei vollgerammelte Regale standen, ein länglicher niederer Tisch, hinter den an die weiße Wand eine schmuddelige blaue Couch geschoben war. Die Fenster waren geöffnet und mit einem Vorhang gegen Straße und gegenüberliegende Häuser geschützt. „Sehr chillig", sagte Rainer und tänzelte zum Tisch, auf dem eine riesige Wasserpfeife stand. Er hob sie auf, hielt sie gegens Licht und nickte anerkennend. „Bitte", sagte sein Freund, und wies auf eine kleine Salatschüssel, in der Tabak und Haschisch vermischt waren, „übertreib's nicht, das Ding rockt, glaub mir." Er ging zur Stereoanlage und suchte nach einer passenden CD.

Rainer setzte sich auf die Couch und stopfte mit zitternden Fingern das Röhrchen im unteren Teil der Pfeife. Als Robert nicht hinsah, preßte er die Mischung noch fester, um mehr hineinstopfen zu können. Dann beugte er sich nach vorn, holte tief Luft, führte die Pfeife an den Mund, mit einem Finger schloß er das Loch am unteren Ende, hielt die Flamme gegen die Mischung und sog langsam an. Es knisterte und blubberte, der Rauch stieg immer höher, und als die letzte Glut zischend durchs Röhrchen verschwunden war, nahm Rainer den Finger vom Loch und inhalierte alles auf einmal. Er stellte die Pfeife auf den Tisch, sein Freund beobachtete ihn lächelnd, er blies mit geschlossenen Augen eine dicke Rauchwolke zum Mund hinaus, beutelte den Kopf und ließ sich tief in die Couch fallen. Er griff nach einer Wasserflasche und trank gierig. Robert stopfte sich eine Pfeife, nickte Rainer zu und rauchte, ehe er lauter drehte und wieder die Hände hinterm Kopf verschränkte. In Rainers Kopf wurde Achterbahn gefahren. Er mußte die Augen schließen und sah Josef Kelemen vor sich, wie er selbstvergessen in einem Viertel, das er sich, als Rainer bei ihm und Marianne übernachtet hatte, nicht einmal hätte vorstellen können, mit einem Gespenst sprach.

„Hör. Das ist eine geile Stelle. Jetzt!"

Die Musik war weit entfernt.

„Du", sagte Rainer nach einer Weile, „woran denkst du?"

„An nix." Robert zündete sich eine Zigarette an. „Willst eine?"

Rainer wollte.

„Man kann nicht an nix denken, Robert. Den Menschen, der an nix denkt, gibt's nicht. Du denkst immer, auch wenn du schläfst – was ist denn der Traum sonst?"

„Mensch, ich denk an nix, es ist geil, ich hab eine neue Wohnung, und fang nicht schon wieder zum Philosophieren an. Hör! Jetzt! Das ist ihr stärkstes Stück! Wart, noch mal!" Während Rainer rauchte und seinen Freund betrachtete, dem er wie allen anderen nichts von dem Unglück erzählt hatte, dachte er unentwegt an den Mann, den er einmal von Amsterdam, den Grachten, den Coffeeshops und den Nutten in den Auslagen erzählt hatte.

„Du, Robert, worauf warten wir?"

„Was meinst?"

„Worauf warten wir eigentlich?"

„Ich wart auf meine Traumfrau und darauf, daß ich eine noch blödere Idee hab als sonst, womit ich reich werd, verdammt nochmal. Denk an den Trottel, der jetzt Nummer Eins in der Hitparade ist, ja? Grindig, natürlich, aber der dreht uns allen die Nase. Geht her, mußt es ja so sehn, nimmt den SMS-Ton, unterlegt ihn mit fetten Discobeats, aus basta, alle tanzen und kaufen und die besten Weiber rennen ihm nach. Darauf wart ich, und dann scheiß ich auf Kommerz oder nicht, wenn ich fett Kohle mach damit. Ehrlich, Rainer, darauf wart ich." Er stopfte sich eine weitere Pfeife.

„Eh, nur wir müssen halt, wenn wir immer nur warten, der ist ja auch irgendwann aufgestanden, weißt?"

„Horch! Jetzt! Der Mann ist Gott. Sag ich dir." Robert rauchte die Pfeife und lehnte sich zurück.

„Gott." Rainer legte sich quer auf die Couch und schloß die Augen. Robert hatte ja Recht. Die Musik war großartig.

Rainer ließ sich darauf ein, verfing sich in den Rhythmen, reiste mit und in der Musik, manchmal blinzelte Josef noch hervor, erklärte ihm Marianne das Backrohr, nur hatte er das bereits mit sich ausgemacht, während Robert monoton die Finger gegen die Tischplatte trommelte. Er würde ihm auflauern und hingehen und sagen: „Grüß dich, Josef, was soll ich sagen?" Der würde ihm nichts tun, Rainer mußte mit dieser Geschichte ins Reine kommen, sie würden sich versöhnen, von da an unzertrennlich sein. Sie waren, ob sie nun wollten oder nicht, für immer verbunden.

Da kam die nächste Welle, wunderbar der Baß von unten, ganz zart darüber die Geige, unregelmäßig ein Autohupen, herrlich absurd, oder kam das von draußen, dann das Keyboard traurig und langsam und schleppend – das war tausendmal besser als alles andere, nur richtig Geld verdienen ließ sich damit nicht. Eigentlich hatte er vorgehabt, wenn es wieder ging, zu gehen, aber er mußte bleiben und das ganze Album hören. Rainer stopfte die Pfeife.

ZUR MITTAGSZEIT PFIFF PAUL BEER VON DER STRASSE INS ANTIQUARIAT STEINER HINEIN. In einem Chinarestaurant hatte er sich zwei Menüs einpacken und eine Flasche Wasser geben lassen. „Guten Tag, mein Lieber", sagte die Antiquarin, die ihren Tisch geräumt und Klopapier zu Servietten gefaltet hatte, „wie geht's heute?" Das Plastiksäckchen, in dem das aluminiumverpackte Geschirr glitzerte, schaukelte in Beers linker, und er reichte ihr nach einer huldigenden Verbeugung, die sein Befinden hinreichend erklären sollte, die rechte Hand. „Katzenfleisch", sagte sie, „würde Ihr Freund sagen, Katzenfleisch esse ich nicht." Beer schälte die Plastikteller aus dem Aluminium, öffnete die Reisdosen und grinste.

„Lassen Sie uns erst essen. Der Sommer macht mich hungrig."

Mit wassergefüllten Weingläsern prosteten sie einander zu. Durchs Straßenfenster sahen sie schwitzende Mittagsmenschen, denen die Kleider am Körper klebten, schwer atmende Alte, die ihre Stöcke im Zentimetertakt auf den Gehsteig setzten, heitere Leichtbekleidete mit Rucksäcken und Taschen, in denen Handtücher, Badehosen und Bikinis zur Donau oder ins Schwimmbad getragen wurden. Nur die verrückte Alte mit dem gegerbten Gesicht, aus dem eine Warze hervorstach, trug dieselbe Pudelmütze auf dem Kopf, die sie jahrein, jahraus trug, während sie einen Einkaufswagen durch die Josefstadt schob, in den sie, nach welchem Kriterium immer, alles legte, was sie in den Mistkübeln und Parks ringsum an Brauchbarem fand. Beer freute sich, seiner Antiquarin eine feine Miniatur servieren zu können, die er vorgestern an einer Tankstelle aufgelesen hatte. Er hatte einen Freund zum Flughafen gefahren, ihn noch schnell umarmt und auf dem Heimweg an einer Autobahnraststätte zum Tanken gehalten.

„Ich gehe zur Kassa, vor mir zwei junge, sagen wir: Türken. Locker. Lässig. Verspiegelte Sonnenbrillen, zurückgeschlecktes Haar. Die wollen zahlen. Kommt ein schmieriger, sagen wir: Österreicher, schiebt sie beiseite, lehnt sich an die Kassa, verlangt drei Schachteln Zigaretten. Meint der eine Türke, ein großer, muskulöser Mensch: ‚Sag, drängst dich vor?‘ ‚Siehst as eh.‘ Der Schmierige will zahlen. Der Kassier schweigt, die beiden dicht nebeneinander. ‚Und das geht so einfach, vordrängen?‘ Der Tonfall wird, sagen wir: feindseliger. ‚Na, siehst as eh.‘ Der Österreicher kramt in seiner Brieftasche, schaut weg. Beim nächsten blöden Wort setzt es was. Aber nein. So geht's noch einige Male hin und her, der Kassier bleibt neutral. Meint der Türke: ‚Sag, ist das deine Kultur?‘"

Die Antiquarin lachte, beinahe verschluckte sie sich. Sie mochte den gutgelaunten Beer, der sie immer wieder an jemanden erinnerte, den sie mehr als gemocht hatte. Der auch Geschichten erzählt hatte, um gemocht zu werden. Manchmal, wenn sie an Beer dachte, drängte sich ihr das Wort *drollig* auf.

„Übrigens. Ich war gestern in diesem Beisel in Ottakring. Vielleicht weiß ich jetzt, was Sie an diese Geschichte fesselt."

„So?"

„Das Dennoch. Das Ich-hab-doch-nichts-falschgemacht."

„Er hat ja nichts falsch gemacht."

„Nicht mehr als jeder andere."

„Wie war's?"

„Ich frag ihn nach dem Foto. Von allem anderen" – sie hob die Arme, kehrte die Handflächen nach außen –

„wußte ich nichts. Er war so offen, irgendwie rührend. Jemand, der ernsthaft mit einem reden will. Der etwas gesehen hat. Daß er kein Auto mehr hat, sagt er, der Wirt steht daneben. Trotzdem ist er im Traum in einem kleinen Wagen unterwegs. Blickt in den Rückspiegel. Dicht hinter ihm ein großer, schneller Wagen, Hupe, Lichtsignale, schneller fahren. Aber es geht nicht schneller. Das Auto ist alt und schwach, die Straße eng, man kann nicht an ihm vorbei. Unfreundliche Gesten im Rückspiegel. Am hinteren klebt schon ein anderer, an dem wieder ein anderer undsofort, eine aufgebrachte Schlange, ein wütendes Hupkonzert. Er gerät in Panik, das Gaspedal durchgedrückt, also blinkt er und fährt an den Straßenrand. Sollen die anderen ruhig vorbeifahren. Er hat Zeit, er ist ja nicht so, bloß keine, wie sagt man hier?, jüdische Hast –"

„Sagt Schwarz nicht."

„Denkt er wahrscheinlich."

„Glaube ich nicht."

„Vielleicht kann er auch dafür nichts? Jedenfalls hat er's nicht eilig. Dort, wo er herkommt, ist zuviel Anstrengung verdächtig."

„Darum hat's mir so gefallen."

„Ein Wagen nach dem anderen schießt an ihm vorbei. Er blinkt, will wieder auf die Straße, doch jedesmal, wenn es aussieht, als könnte er gleich auf die Straße, taucht ein weiterer Wagen in sagenhafter Geschwindigkeit im Rückspiegel auf. Warum", sagte Ursula Steiner und spießte ein Stück gebratenen Tofu auf ihre Gabel, „erzählt er mir, die ich ihm fremd bin und deren Absichten er nicht kennt, so etwas Intimes? ‚Ich sag, was ich denk. Sie nicht?' Gut. Wenn einer aufrichtig ist, will ich es auch sein." Ursula Steiner sah Beer an, der, als riefe er ständig „Phantastisch! Phantastisch!", ein

Stück knuspriger Ente nach dem anderen schluckte. „Wenn ich immer sage, was ich denke, und Herrn Beer dürfte es nicht anders gehen, werde ich schlimmstenfalls festgenommen und bestenfalls angepöbelt. Vielleicht sogar von Ihnen."

Beer schob seinen Teller beiseite, sagte „Na ja" und wartete. Die Antiquarin ließ sich Zeit. Sie aß langsam, er sah ihr zu, kleine Bissen. Wie schnell sie braun geworden war. Wie gut ihr diese Bräune stand. Wie gern er sie vor Fritzens Käfig gesehen hätte. Als sie ihren Teller auf den seinen stellte, fragte Beer: „Darf ich rauchen?"

„Nach dem Essen sollst du rauchen oder eine Frau gebrauchen. Kannst du beides nicht ergattern, laß ihn durch die Finger rattern."

„Wie bitte?" Beer lachte und zog die Augenbrauen hoch.

„Ihr Freund kennt den Spruch bestimmt. Spritzt du ab, hast du Glück gehabt."

„Meine Liebe, diese Umgebung tut Ihnen wirklich nicht gut."

„Ihnen schon?"

„Ich bin ja auch ein schlechter Mensch."

Beer steckte sich eine Zigarette an. Manchmal war ihm, als äße er überhaupt nur, um nachher rauchen zu können. Und zu rauchen hatte er begonnen, weil es ihm seine Eltern verboten hatten. Merkwürdige Geschichten. Einmal war er mit Freunden einen Abend lang weintrinkend um einen Tisch gesessen, und sie hatten nur darüber geredet, wer warum zu rauchen begonnen habe. Die meisten hatten begonnen, weil es ein Zeichen war, dagegenzusein. Wogegen? Das war nicht so wichtig. Aufhören konnte er nicht mehr. Aber auch das war nicht so wichtig.

Ursula Steiner stand auf, ging zur Tür, sah den kleinen Italiener mit der Kochhaube in seinem motorisierten Eisverkaufsgefährt, das an ein umfunktioniertes Papamobil erinnerte, Richtung Ring fahren, sperrte ab und hängte ein Schild hinters Glas. *Heute geschlossen.*

„Was soll mit Ihrem Material geschehen?"

„Nichts." Beer stutzte. Er hatte ihr nie von seinen Notizen erzählt. Sie schien sich bereits ein wenig in ihm auszukennen. „Vielleicht verfasse ich einen kleinen Aufsatz für meine Schüler zum Deutschlernen."

„Nicht die schlechteste Übung."

„Vielleicht verunmöglicht auch die Wirklichkeit eine Erzählung. Nicht wahr? Weil sie selbst alles als Erzählung begreift, ist eine solche nicht mehr möglich. Oder die Zusammenhänge, undurchschaubar, verästelt, kreuz und quer verwoben, können nicht mehr zusammengebracht, geschweige denn gestaltet werden."

„Das sind durchaus Gestalten, die Sie da gefunden haben. Den Wirt werde ich lange nicht vergessen. Also?"

Beer überlegte, spielte mit seinen Fingern und grinste.

„Oder ich bringe mein Notizbuch, wie es ist, in Manuskriptform und lasse es als Dokument des Scheiterns drucken. Der pensionierte Oberst, der sich in Unkosten und Satzabenteuer stürzt, um Erinnerungen aus einem gefährlichen Leben für seine wenig interessierten Freunde erscheinen zu lassen. Und Sie bekommen das Exklusivrecht, meine geschichtsphilosophischen Meditationen zu vertreiben."

„Wie liebenswürdig." Sie zwinkerte ihm zu und hob beide Arme. „Gefreiter, ich darf Sie bitten!"

„Finale", sagte Paul Beer, „eigentlich Viertelfinale. Finale, Doppelpunkt, Viertelfinale. Auftritt

Franz Schwarz. Erste Szene: Eine Wohnung in Wien-Ottakring. Schwarz packt seinen Rucksack aus, Stutzen kommen hinein, eine Hose, ein Trikot mit der Nummer einunddreißig und seinen Initialen auf dem Rücken, ein Paar weiße Fußballschuhe. Darüber zusammengeknülltes Zeitungspapier, ein Reporter hat ja viel bei sich. Er schlüpft in Hose und Hemd, klopft die Hosentaschen ab, alles da. Er betrachtet sich im Spiegel und baut beim Schnüren der Senkel Rufzeichen vor sich auf, die ihn in die Zukunft und in die Geschichte rufen sollen. Ins Überleben. Vom Wirt hat er einen Fotoapparat ausgeborgt, den hängt er sich um den Hals, setzt eine Mütze auf, noch einen letzten Blick in den Spiegel, er ist zufrieden mit dem ungewohnten Bild."

„So verläßt man gern das Haus."

„So geht man gern in die zweite Szene: Auf der Straße. Er eilt das Stiegenhaus hinunter, mit erhobenem Kopf durch die Quergasse, die Sonne scheint nur für ihn, die Stadt, wie es auf den Plakaten heißt, gehört ihm, nur ihm, er nimmt keine Straßenbahn, muß gehen, einen Rhythmus finden, der ihn unangreifbar macht. Die Thaliastraße? Selten ist ihm die so schön und aufregend vorgekommen. Er entdeckt Details an Häusern, weit aufgerissene Steinmäuler, Engelchen mit Helmen, entsetzte und entsetzliche Fratzen, steinerne Köpfe, Tiere, Fabelwesen, Anderszeit; darunter Geschäfte, Lokale, Auslagen, die er nie zuvor wahrgenommen hat. Das Herz pocht. Aber einmal nicht vor Angst, sondern vor Erwartung. Bei der Stadtbahnstation steigt er in einen Zug, und diesmal und hier löst er ein Ticket, zumal die Strafen doppelt so hoch wie in der U-Bahn sind. Laut ist es im Abteil, überall Menschen in Dressen, Feiertag, Karneval, umgedrehte Verhältnisse, damit die Verhältnisse bleiben können, wie sie sind.

Sein Herz pocht, zum ersten Mal versteht er das Wort Herzkasperl. Und ja, es kommt ihm lustig vor, da am Fensterplatz. An ihm ziehen die Vororte vorbei, er ahnt die besseren Viertel, Villen, Parks, viel Grün, Land in der Stadt, genau das Richtige für ihn, den Mischling. Unter großem Hallo –"

„Und Siegrufen –"

„Steigt er zur dritten Szene am Praterstern aus."
Beer stand auf und ging ans Fenster. „Er hat Zeit. Läßt sich von den Menschenmassen mitziehen, dieses Gewoge, schön ist das, ein langsames Fließen, Riesenrad, Schweizerhaus, irgendwo da hinten die Hochschaubahn mit dem pinkelnden Zwerg, der ihm einmal ins Gesicht gemacht hat. Wie sie darüber gelacht haben. Und erst die Geisterbahnen, Spiegelkabinette, Kasinos, die blinkenden Automaten, die vielen Menschen. Wie lange das her ist, seit ihn seine Eltern eines Sonntags in Anzug und mit violetter Krawatte in den Wurstelprater geführt haben. Firmung in Oberwart, der Bischof malt ihm ein Kreuz auf die Stirn, vom Paten bekommt er eine teure Uhr, am Nachmittag fahren alle nach Wien, in die große Stadt, und abends kann der Vater kaum noch gehen, so betrunken ist er vom Bier im Schweizerhaus, von dem er soviel trinken mußte, weil in den Gläsern soviel Schaum war, und die Mutter hat eine schwere Zunge, und der Pate vergißt für einen Tag alle Sorgen, und der Kleine ist der Held des Tages. Wie lange her? Ein Leben. Er also zu Fuß zum Stadion. All diese Erinnerungen, alles interessant, bedeutungsschwanger, voller Vorahnung. In der Hauptallee ein Bus nach dem anderen, Kennzeichen von überall her. Vor den Bussen, neben und zwischen den Kastanien Fans in Trikots, in Schals gewickelt, Hauben, Zylinderhüte auf dem Kopf, biertrinkend, tratschend, scherzend –

„Rülpsend –"

„Man zieht die vom Schweiß verwischte Kriegsbemalung im Gesicht nach. Und da taucht das Stadion vor Schwarz auf, in dem üblicherweise die größten Söhne für die Heimat kämpfen. Heiß umfehdet, wild umstritten. Ein starkes Herz brauchen die Spieler, die einlaufen werden. Ein internationales Spiel, es geht um viel Geld, Viertelfinale für den Verein, für die Spieler, für die Sponsoren, aber Finale für Schwarz. Fernsehteams, Übertragungswägen, Kameras, wohin man schaut, junge Menschen in bunten Leibchen, die Musterproben, Werbeprospekte, Flyer verteilen, Fotografen stellen ihre Stative auf, die halbe Bundesregierung läßt sich auf den Ehrenrängen zum Spiel befragen."

Beer drehte sich um und lächelte der Antiquarin zu. Diese Geschichte hatte er ihr schon öfter erzählt, zu Hause, im Bett, beim Duschen, beim Spazierengehen. Überhaupt hatte er in letzter Zeit viel mit ihr gesprochen, auch und gerade wenn sie nicht da war. Diese stummen Dialoge. Diese ununterbrochenen Auseinandersetzungen. Gespräche mit Abwesenden. Früher – die Wahrheit, der Rückspiegel – hatte er jahrelang in sich mit seinem Vater diskutiert, gestritten, all seine Argumente zerpflückt, und dann, wenn er ihm gegenüber gesessen war, doch wieder nur vorgefertigte Platitüden hervorgebracht. Kapitalist. Bürger. Schuld am Krieg in Vietnam, Schuld am Elend der Dritten Welt, Schuld an der Ausbeutung der werktätigen Massen, kurz, Schuld am Lauf der Dinge. Später dann hatte er zu Hause mit Professoren gestritten, seinen eigenen Vordenkern sich selbst und was er tat erklärt, mit dem klügsten Kopf der historisch-materialistischen Arbeitsgemeinschaft in seinem eigenen weiterverhandelt, wie die Welt, wie man selbst zu verändern sei. Und dann, einmal, nachdem er auch den zweiten Glauben verloren hatte, nachdem sein Vater nicht mehr der große Reibebaum war, nachdem der klügste Kopf ein Betonschädel geworden war, war da niemand mehr, gegen den er sich unentwegt hätte behaupten müssen. Und nun fragte er sich immer öfter: Was würde Ursula dazu sagen?

„Wir glauben an unsre, sagen sie, wir haben uns auch keinem Druck gebeugt, der David besiegt gern den Goliath. Und ohne die Franzosen hätte es keinen Zweiten Weltkrieg nicht gegeben. Der Kanzler lächelt. Warum paßt ihm dieses Lächeln nicht? Er fühlt sich unwohl neben dem Wiener Bürgermeister, wer weiß, in welche Laden der nach dem dritten Bier greift. Und die Vizekanzlerin? Hat sich kleine rotweißrote Fähnchen auf die Wangen gemalt."

„Ich kenne keine Vereine mehr, ich kenne nur noch Österreicher."

„Und Schwarz würgt ein Würstel hinunter, das Bier schmeckt auch nicht so recht, wann hatte er das letzte Mal so ein Gefühl? Als er sich das erste Mal mit einem Mädchen treffen sollte, damals, in dieser anderen Welt, bei der Sandkiste in einem kleinen Park, der damals groß war? Als er um Mariannes Hand anhielt? Was für ein Zeitensprung! Eine Hand, die einem anderen gehört, ist keine Hand. Dieses Gefühl der Erwartung. Etwas wird geschehen. Sein Blick Richtung Presseeingang. Wie diese Hürde nehmen? Noch einmal die rot umrandeten Rufzeichen. Du hast noch was vor in deinem Leben. Er hebt den Rucksack leicht an. Ist der noch da? Gut, ruhig bleiben, ganz ruhig, Franz, da gehen zwei Männer im Anzug in deine Richtung. Journalisten sind das. Also überholen, vor ihnen zum Eingang kommen, als einer von ihnen. Aber da, vierte Szene: Der Wächter. Ein Polizist, Stoppelfrisur, Stiergenick, strenger Blick, wahrscheinlich auch Burgenländer, daneben wedelt ein Schäferhund mit dem Schwanz. Schwarz zückt den rotweißroten Presseausweis, den er Ihnen wahrscheinlich auch gezeigt hat, seine Trophäe, sein Schlüssel", sagte Beer und kam zum Tisch zurück, ohne sich zu setzen, „er grinst beim Gedanken an das offene Fenster dieses braunen Volvos. Auf dem Armaturenbrett, hinter der Windschutzscheibe, hatte der Ausweis gerade auf ihn gewartet. In die Höhe halten, mit der freien Hand entnervt in den Taschen kramen. ‚Hörn'S, jetzt hab ich den anderen vergessen. Gehn'S, funken'S schnell die *Krone* an und fragen'S beim Sport nach dem Fotografen Hawlicek. Ich wett was, die bieg ma heut. Dem Kloch müssens erst ein Goal machen!' Der Polizist sagt nichts, schaut nur mißtrauisch. Was geht in dem vor? Und noch bevor der ‚Wie stelln'S Ihnen des vur?' sagen kann, sagt Schwarz: ‚Wenn'S ma verraten, wer Ihr Lieblingsspieler is, ich schick Ihnen eine schöne Aufnahme ins Revier. Aber bitte schnell, ich hab's eilig, und die beiden Kollegen hinter mir auch.' ‚Schon gut, gehn'S weiter.' Und Schwarz? Gehn'S weiter, hat der gesagt? Krault dem Schäfer den Nacken, ist ganz unverdächtig, läßt sich Zeit, er ist nicht zu Unrecht hier. ‚Fuhrmannsgasse', zischt der Polizist, ‚im Achten, Hojac, mit c, Petr, ohne e. Den blonden Neger von die Gegner.' Franz Schwarz ist drinnen", sagte Paul Beer, klopfte den Zeigefinder auf den Tisch und strahlte, „die fünfte Szene wartet: Im Heiligtum. Ich hätte das nicht geschafft. Sie wahrscheinlich auch nicht. Beim ersten blöden Blick hätten Sie seine Dienstnummer verlangt, dann ist es aber auch schon vorbei."

„Auszeit." Ursula Steiner faßte Beer am Handgelenk. „Rollenwechsel. Ich, verkleidet als Journalistin, stehe vor dem Polizisten. A Frau? Ich steh da, daß die ungestört drin sein kann? Entweder ‚Ausweis her!' oder ‚Küß die Hand, viel Spaß mit den knackigen Körpern.' Punkterl, Punkterl, Punkterl."

„Schwarz aber", sagte Beer, nahm wieder Platz, lehnte sich zurück und verschränkte die Arme hinterm Kopf, „ist drin. Grüßt auf dem Weg zum Spielfeld die Polizisten, den Securities ruft er ‚Wer wagt, gewinnt' zu, den Wachhunden ‚Denan ziehmas Fell überd Uhrn, mein lieba Mann, mein lieba Schwan.' Im Stadion ist es laut. Eine halbnackte Sängerin, umringt von Muskelprotzen mit entblößten Oberkörpern. Die großen Autohändler schicken ihre Wagen um die Laufbahn. Auf der Riesenleinwand Torszenen und Werbungen. Auf den Rängen werden die Popcorn- und Eisverkäufer beschimpft, weil's nur alkoholfreies Bier gibt, das Schwule und Frauen trinken. Schwarz, den Ausweis mit einer Stecknadel an seine Hemdentasche geheftet, steht am Spielfeldrand. Ganz offiziell. Die Spieler wärmen sich auf. Versprochen ist versprochen. Also fotografiert er den Schwarzen mit dem blondierten Haar im Schneider –"

„Oder Türkensitz."

„Eine Woche später schickt er das Bild mit einem Grußbillet ab. Danke, Herr Inspektor, herzlichst, Ihr F.S. (31)."

„Könnte von Ihnen sein."

„Jedesmal, ich schwör's Ihnen, wenn ich auch nur in der Nähe der Polizeistation bin, freue ich mich diebisch! Und jetzt alles aus dieser Nähe. Die Millionenbeine. Die Trainer und Funktionäre in dunklen Anzügen. Kameras, Fotoapparate, Reporter. Der Präsident des österreichischen Fußballbundes. Die wenigen Bekannten ahnungslos auf den Tribünen, kleine Punkte, nicht auszumachen. Und er, Franz Schwarz, mittendrin statt nur dabei! Kloch wärmt sich alleine auf, versunken lehnt er am Torpfosten, der einsame Wolf. Trommelwirbel. Schlachtgesänge. Raketen. Schwarz dreht dem Spielfeld den Rücken zu, hält die Kamera weit von sich. Klick. Dieses Foto wird er niemandem zeigen. Dieses Foto gehört ihm. Vielleicht zeigt er's Marianne, später dann, allein in seinem Zimmer. ‚Schau, was ich gemacht hab. Was sagst? Hättest mir nicht zugetraut? Wann kommst du en-?' Und dann verschwindet ein Spieler nach dem anderen in die Kabine. Los geht's. Rein in den Tunnel. Ordner und Polizisten grüßen. Ganz selbstverständlich. Überaus freundlich. Wo ist ein Klo? Da. In die Kabine, auf die Klomuschel, ausatmen. Übrigens." Paul Beer steckte sich eine Zigarette an, stand auf und ging zum Fenster. „Die Klobrillen, die sich von selbst reinigen. Kennen Sie die?"

„Nicht, daß ich wüßte."

„Man scheißt, Klammer auf, den Durchfall, Klammer zu, auf die Brille, steht auf, drückt einen Knopf, aus dem Muschelende schiebt sich ein Klotz nach vorn, die Brille wird einmal rundherum gedreht, es knattert ein wenig, man verläßt die Kabine – und nichts ist geschehen. Es riecht halt unangenehm. Das ist Österreich. Für Ihr Buch."

„Nehme ich nur, wenn ich Sie nicht zitieren muß. Eine Installation im offenen Raum. Die selbstreinigende Klomuschel auf dem Heldenplatz. Jedesmal, wenn ich drübergehe, wünsche ich, da wäre wirklich Hinkel gestanden und hätte eine Chaplinansprache gehalten."

„Und in der Sauna. Wenn der Duft aus den Rohren an der Holzdecke strömt. Was denken da die anderen? Denken die sich was?"

„Was denkt Schwarz?"

„Der sieht das alles im Fernsehen. Sitzt allein in seiner Wohnung und faßt es nicht. Stellt sich Fragen, die ihm niemand mehr beantworten kann."

„Der Bruder?"

„Der ist nicht so ein Mensch, hat er gesagt, den interessiert das nicht. Wie auch immer. Mit einem Filzstift malt er seine Initialen –"

„Seine?"

„F.S. auf die Kabinentür, darunter das Datum. Er hat Zeit, zieht sich aus, schlüpft in die Dreß, die Journalistenverkleidung kommt in den Rucksack und der in eine Ecke. Schuheschnüren, langsam. Als Dreizehnjähriger hat er zum letzten Mal Fußballschuhe angezogen. Dann hat er sich die Sehnen gerissen, aus der Traum vom Da-draußen-auf-dem-Rasen-stehen-und-Tore-Schießen. Draußen, er hört ihn atmen und spucken, pißt einer. ‚Wie geht's aus?' ruft der. ‚Eins null für uns.' Wartet der andere? Der wartet. Länger als nötig wäscht er sich die Hände. Wer das wohl ist. ‚Hast wohl eine besonders wichtige Sitzung!' ‚Wenn's eins null ausgeht, treff ma uns nach dem Spiel da auf ein Bier.' Die Tür, weg ist er. Raus aus der Kabine, Wasser ins Gesicht spritzen, das Haar scheiteln, so gut es geht, diese widerborstigen Haare. Und da ist der Spiegel. Und in ihm sein Gesicht. Und in dem eine Frage. Was mach ich da? Das einzig Richtige. Wer bin ich? Der ich bin. Schneidet sich eine Grimasse. Was ich tu. Lacht. Streckt sich, oder wem auch immer, die Zunge raus. Hoppauf, Franz, gemma. Im Stadion brandet Jubel auf. Jetzt. Vorsichtig die Tür öffnen, den Gang entlangschauen. Da laufen all diese bekannten Namen, deren Aufwärts- und Abwärtskurven er in den Zeitungen und im Fernsehen studiert. Hätte der da ein Tor mehr geschossen, der da eins weniger bekommen, und wäre der nicht verletzt gewesen, er, Franz Schwarz, die heutige Nummer einunddreißig, wäre ein gemachter Mann, hätte eine Wohnung im Grünen und doch in der Stadt, müßte in keinem Umschulungskurs sitzen – und die Welt könnte ihn am Arsch lecken. Hätte, wäre, würde – alles egal. An den letzten anhängen, durch den Tunnel ins Freie traben. Hände ausschütteln, Schultern kreisen lassen, wie er es tausendmal gesehen hat. Journalisten, Polizisten, Funktionäre. Lächeln, grüßen, einschlagen. Da sind auch zweifelnde Blicke. Die tuscheln ja. Was werden sie tun? Nichts tun sie, die Dreß hüllt ihn ein. Ein Panzer. Ein Zaubermantel. Eine Tarnkappe. Er ist draußen. Nur noch über die Laufbahn, schon das Gras unter den Stollen, bücken, mit den Fingerspitzen den Boden berühren, bekreuzigen. Er glaubt nicht an Gott. Aber die Großen machen's genauso. Die Brasilianer. Die Italiener. Die Argentinier. Und auch er, Franz Schwarz. Der Burgenlandler. Der Zweitversuch. Der Irgendwer. Die Gegner zum Mannschaftsfoto formiert, eine Reihe kniet, die andere steht. Die Seinen in einer Stirnreihe aufgefädelt, hinter den Rücken der Großen vorbei, als letzter einreihen. Er rudert mit den Armen in der Luft, läßt den Kopf kreisen, der Jubel, die Schreie, die Stimmung. Er denkt an nichts, an gar nichts mehr, ist leicht wie Luft, steht einer Fotografenhorde gegenüber, es blitzt und blitzt zur Vereinshymne. Die Ränge. Die Fahnen. Das Hüpfen. Die Welle. Das Feuerwerk. Fünfzigtausend stehen, fünfzigtausend klatschen, fünfzigtausend pfeifen. Einen angemessenen Blick suchen, Kreuz durchdrücken, stramm stehen, lächeln. Aber das ist nicht so wichtig jetzt. Glücklich ist er. Nicht froh, nicht befriedigt, nicht berauscht. Glücklich. Er könnte auf der Stelle tot umfallen, er wäre einverstanden abgetreten. Steht und schaut, nichts mehr, nur noch er, sein Plan, der Moment. Der ist auch schon vorbei, und eigentlich kann er ihn nicht beschreiben, und vielleicht braucht er ihn sich auch nicht zu beschreiben."

Eine Straßenbahn zuckelte vorbei, Paul Beer drehte sich vom Fenster weg und sah Ursula Steiner an.

„Der Ansager. Mit der Nummer Eins, Erich – und alle brüllen – Kloch. Schwarz dreht sich nach links, schaut seine Mitspieler an. Wenn ihr wüßtet. Da blickt ihn Kloch an. Scharf, böse, Eindringling. Die letzten Namen werden durchgesagt, man reißt die Arme hoch, klatscht dem Publikum zu, er gibt dem Linksaußen neben sich einen Klaps auf den Hintern. Dann trabt er los, Richtung Ersatzbank, er muß was trinken. Nichts wie rein in den Tunnel und aufs Klo. Setzt sich auf den Klodeckel, sperrt die Kabine ab, vergräbt den Kopf in den Armen. Eine halbe Stunde später mischt er sich hinterm gegnerischen Tor unter die Fotografen und knipst seelenruhig den Film aus. Wie, liebe Ursula", sagte Paul Beer, kam an den Tisch zurück und zog das Bild, sechste Szene: Triumph, aus seiner Sakkotasche, „wie nennen Sie dieses Lächeln?"

DIE ANTIQUARIN LÄCHELTE. „In diesem Moment, lieber Paul", sagte sie, „schlagen sein Herz und die Uhr im Gleichklang."

„Darf ich dich küssen?" sagte er.